成爲一個男人

獻給莎夏和賽

目次

瑞士 *Switzerland*

國也一樣，換言之，我們這種人曾經遭逢種種浩劫，未來或許也是劫數難逃。我們爸媽吵得很兇，兩人的婚姻始終瀕臨破碎。家中的財務也前景堪虞；我們已被告知這棟房子即將出售。我們沒有任何收入，因為我爸爸跟我祖父經年累月扯著嗓門對罵，直到我爸爸終於從家族企業出走，再也不願天天跟我祖父幹譙。我爸爸重返校園時，我兩歲，我哥哥四歲。他先是攻讀醫學預科，然後進了哥倫比亞大學的醫學院，畢業之後在「特種手術醫院」的骨科實習，但何謂「特種」，我們並不曉得。在那七年的受訓生涯，我爸爸時時值班，在急診室待了無數個夜晚，見識了形形色色傷勢慘重的患者：汽車相撞，摩托車事故，甚至空難事件——那架飛往波哥大的哥倫比亞航空飛機驟然墜毀於長島科夫內科村時，我爸爸正好在醫院值班。心情沉到谷底時，他搞不好緊緊依附著心中的迷信，試圖相信倘若自己夜夜與驚恐對峙，說不定家人們即可躲過一劫。但在他擔任住院醫生的最後一年，我祖母在一個下著大雷雨的九月午後出了車禍，一部超速的貨車在第一大道和第十五街的轉角撞上她，造成她顱內出血。等到我爸爸趕至貝爾維醫院，他的母親已經躺在急診室的擔架床上，她捏了捏他的手，漸漸陷入昏迷，六星期之後就撒手西歸。她辭世不到一年之後，我爸爸完成住院醫師的訓練，將我們全家搬到瑞士，開始接受創傷醫學的訓練。

綠草如茵、井然有序、確保中立的瑞士居然設有世界一流的創傷中心，似乎顯得矛盾。當年那段期間，瑞士全國上下瀰漫著有如療養院或是精神病院的氛圍。但環繞四周的並不是加裝軟墊的高牆，而是皚皚的白雪，白雪捂住了聲響，軟化了一切，數百年下來，瑞士人因而不加思索地逕自怯言。但說不定這就是重點所在：只有一個執意於監控預算、從眾一致、產製鐘錶、火車從不誤點的國家才佔盡優勢，有辦法處理肢體遭受重創的緊急狀況。瑞士也是一個多語系的國家，這倒是一個令人驚喜的意外，讓我和我哥哥暫且忘卻家中的陰沉與紛爭。我爸爸受訓的機構在巴賽爾，隸屬德語區，但我媽媽認爲我們應該持續學習法語，更何況瑞士德語幾乎就是德語，我們的外婆就是講德語，而她整個家族都遭到納粹殺害，不消說，任何事情只要跟德國沾上一點邊，我們都碰不得。所以我們就讀日內瓦的國際學校。我哥哥在學校住宿，但我剛滿十三歲，不符合住宿的標準。爲了讓我免於承受德語引發的心靈創傷，爸媽幫我在日內瓦的西郊找到落腳之處，一九八七年九月，我搬進艾德菲爾德太太的家，成了她家的寄宿生。艾德菲爾德太太是個英文代課老師，頭髮染成用古龍水，古龍水濃烈的香氣滲入她們的衣物，散發出一股我不熟悉的氣味。她們的體溫和獨特的膚質淡化了這股氣味，但她們的床單、隨手脫下的襯衫、隨身攜帶的包包依然不時散發出強烈的古龍水味，艾德菲爾德太太甚至不得不開窗透氣，冷風一吹，所有氣味再度隨風而逝。

我聆聽那兩個大姐姐閒聊她們的生活，字字句句有如密碼，令我不解。她們譏笑我不懂世事，但她們對我都非常和善。瑪莉來自曼谷，先前住過波士頓，索拉雅來自巴黎十六區，先前住過德黑蘭，她爸爸曾是皇家工程師，趁著革命之前帶著家人流亡海外，走時匆忙，來不及把索拉雅的玩具打包，卻已及時轉移大多資產。她們跟男孩子上床、濫用藥物、違抗父母與師長，行徑一再失控，致使兩人不得不到瑞士多讀一年高中，而在此之前，她們壓根兒沒聽過所謂的「十三年級生」。

我們經常摸黑出門上學。走到公車站的途中，我們必須穿過一片田野，十一月間，田野已經覆滿白雪，枯黃乾硬的葉桿有如剪刀般冒出雪地。我們總是遲到。我們三人之中，始終只有我吃了早餐，始終有人的頭髮未乾、髮尾結了薄冰。我們冷颼颼地擠在公車站旁，吸著索拉雅的二手菸，等候下一班公車。公車載著我們行經一座亞美尼亞教堂，來到橘色的電車站，然後車程漫漫，把我們載往市區另一頭的校區。我們各有課程表，下課的時間不一樣，所以回程各自搭車，只有開學頭一天、在艾德菲爾德太太的堅持下，瑪莉和我相約一起搭車返回寄宿家庭，但我們搭了反向的電車，結果被載到邊境另一頭的法國。摸熟路線之後，我經常在電車站附近的書報攤逗留片刻買糖果，然後繼續轉搭公車，糖果擱放在開敞式的罐筒中，我媽媽總說那些糖果沾滿陌生人的細菌。

我從來不曾如此開心、如此自由自在。不單只是因為我逃開我那個陰鬱焦躁的家，更因為我不必再見到我那群小裡小氣、荷爾蒙作祟、殘酷得無以復加的高中同學。我年紀太輕，沒有資格考駕照，所以先前始終無處可逃，只能一頭鑽進書本，或是在我們家後面的森林裡走走。現在放學之後，我可以在日內瓦閒逛數小時。我始終沒有特定方向，但我經常走著走著就來到湖邊，觀看遊湖的船隻來來去去，或是幫我看到的遊客們編故事，尤其是那些坐在湖邊長椅上卿卿我我的情侶。有時我到

H&M試穿衣服，或在舊城區四處閒逛，「宗教改革紀念碑」時時吸引我的目光，我非常喜歡那座威武高聳的石牆和牆上各個清教徒偉人的浮雕，我不識其名，只認得約翰‧加爾文，當年我還沒聽過波赫士，我的生命與這位知名的阿根廷作家也還沒有任何交集，我不知道他一年之前剛在日內瓦辭世，也不知道他曾致函他的友人，信中聲稱他在日內瓦始終感到「莫名的欣喜」，同時闡述自己爲什麼希望長眠於這個他客居的城市。多年之後，朋友送我一本波赫士的遊記《圖片冊》，書中有張巨幅的照片，照片中赫然是那幾座莊嚴肅穆、我年少之時經常造訪的偉人浮雕，令我大吃一驚。偉人們全都反猶太，堅信宿命論，認定天主握有絕對主權，照片之中，約翰‧加爾文微微前傾，凝神俯視失明的波赫士，而波赫士拿著手杖坐在凸出的石塊上，下巴微微上揚。照片中的加爾文和波赫士，一人俯視，一人仰望，彷彿暗示著協和與默契，我跟加爾文之間稱不上有何默契，但我也曾坐在那個石塊上抬頭看著他。

在市區閒晃之時，有時會有男人用法文跟我搭訕，或是睜著眼睛不停打量我。這些偶遇令我難爲情，在我心中留下一絲羞愧。這些男人通常是非洲人，笑容可掬，一口燦燦的白牙，但有次我站在一家巧克力專賣店前面觀賞櫥窗，一位歐洲男子從我身後走過來。他穿著一套體面的西裝，悄悄趨前，臉孔幾乎貼上我的頭髮。他操著微帶口音的英文在我耳邊悄悄說：「我一隻手就可以把妳折成兩截。」說完之後，他繼續前進，神態極爲冷靜，腳步極爲平穩，好像船隻航過無波的水面。我一路跑到電車站，上氣不接下氣地站著等車，直到電車進站、吱吱嘎嘎地停下，我如釋重負地上車，頹然癱坐在司機後面的座位上。

我們六點半就該準時上桌吃飯。艾德菲爾德太太座位後方的牆上掛著一幅小小的山景畫，直至今日，我一看到油彩繪製的小木屋、頸間掛著鐘鈴的乳牛，或是身穿格布圍裙採集野莓的山間小女孩，依然始終聯想到烤魚和水煮馬鈴薯的香味。用餐之時，大家很少交談。但說不定這只是因爲我們在樓上的臥室裡聊了好多，相形之下，用餐之時的對話似乎不值得一提。

瑪莉的爸爸入伍從軍、駐派曼谷之時結識她媽媽，他把她帶回美國，幫她買了一部凱迪拉克轎車和一棟馬里蘭州的平房，兩人離婚之後，她媽媽返回泰國，其後十五年，瑪莉往返於爸媽之間，成了兩人爭奪的目標。她最近幾年都跟她媽媽住在曼谷，交了一個非常愛她、非常會吃醋的男朋友，她經常跟他上夜店跳舞、喝酒嗑藥、瘋一整夜，她媽媽無計可施，自己又忙著交男朋友，於是跟她爸爸提及這個狀況，她爸爸聽了大怒，喝令她離開曼谷，把她送到以女子「精修」學校著稱的瑞士，這些學校專擅修飾狂野不拘的女孩，磨去她們不雅的稜角，把她們揑塑爲儀態優雅的淑女。「日內瓦國際學校」不是這種學校，但瑪莉既然已經超齡，沒辦法進入一所合宜的女子精修學校就讀——在這些學校的估算中，她業已成形，無法再被揑塑——於是她被送進「日內瓦國際學校」，在這裡多讀一年，完成她的高中學業，成了所謂的「十三年級生」。除了艾德菲爾德太太的家規，瑪莉的爸爸還嚴格規定宵禁時間，瑪莉偷喝艾德菲爾德太太的料理專用酒之後，這些禁令更是嚴苛。因爲如此，所以在那些我沒有搭火車回去巴爾賽探望爸媽的周末，瑪莉和我經常一起待在寄宿家庭，索拉雅則經常外出。

索拉雅不像瑪莉一樣讓人覺得喜歡惹事生非。最起碼她不會輕率任性地惹麻煩，也不會一時衝動，不計後果地跨越旁人設下的界線或限制。如果非得說些什麼，索拉雅其實散發出某種權威感，好像打心眼裡就敏銳細膩，通曉世事。她的外表乾淨俐落，安靜沉穩，個頭嬌小，跟我差不多高，頭髮烏黑柔滑，剪了一個她所稱的「香奈兒鮑伯頭」，而且用眼線筆畫出完美的電眼。她的唇邊有道薄薄的美人鬚，但從未試圖掩飾，因爲她肯定知道這樣讓她更具魅力。但她總是壓低嗓門說話，好像她跟你說的全是祕密，這或許是她自小養成的習慣，畢竟她小時候伊朗正在鬧革命，人人都需謹言慎行；這也可能是她少女時代養成的癖好，因爲當年她看上眼的男孩和男人，莫不很快就超過她家人所能容忍的極限，她不得不審愼行事。

通常在星期天、閒來無事之時，我們三人經常整天窩在索拉雅和瑪莉的臥室裡，一邊聽錄音帶，一邊聽索拉雅講述她的情史和她跟那些男人做過的事情，她嘴角叼支菸，聲音因爲抽了菸更加低沉。如果我始終沒被她說的事情嚇到，部分原因在於我還不了解性事，更別提帶著色情的性事，致使不太明白對於性事應該抱持什麼期望。但我之所以沒被嚇到，原因也在於索拉雅冷然的語調。她講得雲淡風輕，好像什麼都打不倒她。但我猜想她覺得她必須試試自己有多少斤兩、探測自己具有多少與生俱來的實力，若是這股實力無法保護她，情況又會如何？她描述的性事似乎談不上歡愉，反倒像是某種她甘於承受的實驗。只有在這些東拉西扯的故事中，她才會提及德黑蘭，而只有在說起德黑蘭的種種過往之時，她才眞正喜形於色。

的怪相。像他這樣的男人可以轉化一個本質上可稱殘暴的舉動，使之看來細緻優雅。她叔叔去上洗手間時，銀行家示意付帳、付了現金、從座位上站起來、扣上他的休閒外套，但他沒有直接走出餐廳、邁向門外的旅館大廳，反而繞過索拉雅的桌旁，在桌上放下一張五百瑞士法郎的紙鈔。他用藍色原子筆把他的房間號碼寫在阿爾布雷希特・馮・哈勒①的肖像上，好像阿爾布雷希特・馮・哈勒為她獻上這個寶貴的訊息。稍後當她跪在旅館的床上、被露臺灌進來的寒風凍得發僵，銀行家跟她說他總是訂一間俯瞰湖景的房間，因爲日內瓦湖的大噴泉強而有力，噴出的水柱高達數百英呎，撩撥他的性慾。她躺在艾德菲爾德太太的兒子睡過的雙人床上跟我們複述此事，雙腳懸空晃來晃去，笑得停不下來。即使她覺得此事非常可笑，他們依然做出協定。從那時起，如果他想讓索拉雅知道他即將來訪，他就打電話到艾德菲爾德太太家，謊稱他是她叔叔。至於那張五百瑞士法郎的紙鈔，索拉雅自此將之收放在她床頭櫃的抽屜裡。

當時索拉雅還跟其他男人約會。其中一位是個跟她年紀相仿的小夥子，小夥子的爸爸是外交官，經常開著他爸爸的跑車來接她，車子的變速器在兩人開往蒙特勒的途中被小夥子損毀。還有一個阿爾及利亞人，這人二十出頭，在學校附近的一家餐廳端盤子。她跟那個外交官之子上床，至於那個眞心愛上她的阿爾及利亞人，她只准他親吻她。阿爾及利亞人跟卡繆一樣出身貧苦，因此她對他存有某些幻想。但當他對於滋養他成長的陽光說不出所以然②，她對他漸漸失去了興趣。這聽來不近人情，但日後我自己也有同樣體悟：妳察覺那個與妳最親密的人根本不如妳的想像，甚至是個妳完全不了解的陌生人，妳因而心生懼怕，急急抽身。所以當銀行家要求索拉雅甩

① Albrecht von Haller（1708-1777），瑞士知名學者，瑞士中央銀行曾經以他的肖像印行一系列紙鈔，現爲稀有鈔種，已不再流通。

② 這裡所謂的陽光，是指卡繆的名著《異鄉人》，《異鄉人》一書充滿陽光和海洋的意象，阿爾及利亞的艷陽是他的靈感來源，但這個端盤子的阿爾及利亞人顯然缺乏卡繆的文采，說不出陽光的意象。

了外交官之子和阿爾及利亞人，索拉雅輕易地聽從。她以此爲藉口，讓自己無需承擔阿爾及利亞人的傷痛。

有天早上我們出門上學時，電話響了。她每甩掉一個情人，銀行家就叫她赤裸著下身穿上裙子。我們穿越冰凍的田野、一起走向公車站時，她跟我們提及此事，我們聽了全都哈哈大笑。但說著說著，索拉雅停下來，一隻手窩著打火機，遮擋吹拂的寒風。在閃耀的火光中，我迎上她的雙眼，頭一次爲她感到害怕。或說她讓我感到害怕。她究竟欠缺什麼，或是擁有什麼，迫使她跨越旁人不敢跨越的界線？想來心驚。

○

索拉雅必須在特定時刻從學校打公共電話給銀行家，即使這表示她上課上到一半就得找藉口溜出來。當她來到皇家旅館跟他相會，旅館櫃檯通常有封信等著她，信中詳述她進房間之時必須做些什麼。我不知道若是沒有遵從銀行家的規則，或是沒有達到他確切的標準，她將承受什麼後果。我從未想過她會允許自己受到懲罰。當年的我稚氣未脫，儘管過於天真，但我依然覺得她在玩遊戲，而且是個她隨時都可以叫停的遊戲。我覺得在芸芸眾生之中，她最能理解打破規則相當容易，但單單在這個情況下，她決定遵守規則——若不這麼想，我還能做出什麼解讀？我不知道。正如三十年之後，我不知道當年在打火機的火光中、我在她眼中看到的是墮落、輕率、恐懼，或是她那不屈不撓的意志力。

聖誕佳節期間，瑪莉飛回波士頓，我返回巴賽爾跟家人過節，索拉雅返回她在巴黎的家。兩星期之後、當我們回到寄宿家庭，索拉雅變得不太一樣。她孤僻寡言，似乎躲進了自己的內心世界，成天躺在床上聽她的隨身聽、閱讀法文小說，或是望著窗外抽菸。電話一響，她就跳起來接聽，若不是她的電話，她就把門啪地關上，有時好幾個小時都不出來。瑪莉愈來愈常到我的房間，她說因爲跟索拉雅在一起讓她起雞皮疙瘩。我們躺在我狹小的床上，她跟我叨叨述說曼谷的大小事情，不管這些事情多麼戲劇化，她依然有辦法自嘲，逗得我哈哈大笑。如今回顧過往，我覺得她教會了我一點，不管其後忘記多少次、想起多少次，我始終未曾眞正忘卻：有些時候，生命之中需要種種戲劇化的事情，因爲我們需要隱藏於其間的荒誕與眞實，感覺生命果眞虎虎生風。

因此，從一月到四月，我大多只記得發生在我身上的事情。我跟一個名叫凱特的美國女孩走得很近，她住在日內瓦市郊的一棟大房子裡，家裡有四個女孩，她是老大，我去她家找她，她秀給我看她爸爸收藏的《花花公子》。我有時幫艾德菲爾德太太的鄰居看小孩，有天晚上，小女孩忽然在床上坐起，而且大聲尖叫，原來是部車子的車燈照亮牆壁，讓她看到牆上有隻螳螂。我還記得我放學之後散個長長的步。周末回到巴賽爾的家中，我經常在廚房裡跟小妹玩遊戲，藉此讓她分心，以免她聽到我們爸媽在吵架。噢，還有沙瑞夫，他是班上的一個男孩，經常面帶微笑，有天下午我跟他走往湖邊，在一張長椅上親熱。那是我第一次跟男孩接吻，當他強行跟我舌吻，我感覺心中升起一股柔情，卻也帶點暴力。我伸手深深掐進他的脊背，他的吻也更加熱情，我們在長椅上緊緊纏抱，好像往昔我遠遠觀望的情侶。回程在電車上，我感覺他的體味黏附著我的肌膚，幾乎觸鼻可聞，一想到隔天在學校又得見到他，我不禁滿心驚慌。隔天當我果真見到他，我望向他的後方，好像他不存在，但我的目光悄悄聚焦，好讓自己仍然可從眼角瞥見他傷心的模樣。

我也記得在那段期間，有次我放學回來，瞧見索拉雅在浴室的鏡子前化妝。她的雙眼閃閃發光，神情愉快，似乎恢復昔日的輕盈，不像過去幾星期那樣心事重重。她叫我進去，說要幫我梳頭編辮子。她的卡帶播放機妥善擱放在浴缸的邊緣，她一邊幫我編辮子，一邊隨著音樂哼唱，當她轉身拿取髮夾，我看到她脖子上有道瘀青。

然而我從未懷疑她的韌力，我始終認定一切操之在她、任她予取予求。就算規則不是由她制定，這場遊戲依然遵照她同意的規則進行。如今回顧過往，我才察覺自己當年多麼想要從那個視角看她；透過那個視角，她意志堅強、無牽無掛，任何人都傷害不了她，事事由她自己掌控。近來獨行於日內瓦街頭，我已經從中領悟到一點：吸引男性令我居於強勢，卻也令我容易受到傷害，想來心驚。但我寧可相信一個人可以藉由韌力、勇氣，或是某些我說不出來的特性扭轉均勢，讓權力的指針朝向自己移動。索拉雅曾告訴我們，她剛開始跟銀行家發生關係時，有次他太太打電話到旅館找他，他叫索拉雅進去浴室，但她拒絕從命，反而躺在床上聽他講電話。赤身裸體的銀行家轉身背對她，但他別無選擇，只能接聽這通突如其來的電話，繼續跟他太太講話。他跟他太太講荷蘭語，索拉雅說，但那種語氣就像她在家裡跟她媽媽講話：正經莊重，帶著一絲畏懼。聆聽之時，她知道他已經洩露某些他不願洩露的面向，他們的權力均勢也起了變化。如果我非得接受任何說詞，我寧可聽信那個故事，藉此解讀索拉雅的脖子上爲什麼有道瘀青。

○

五月第一個星期，索拉雅沒有回家。艾德菲爾德太太天一亮就把我們叫醒，質問我們索拉雅的下落。她叫我們一五一十地跟她坦承，瑪莉聳聳肩，低頭看著她掉了色的指甲油，我有樣學樣，隨意敷衍，直到艾德菲爾德太太說她要打電話給索拉雅的爸媽和警察，艾德菲爾德太太還說，如果索拉雅出了事或是置身險境、我們卻隱瞞消息，大家絕對不會原諒我們，我們也不會原諒自己。瑪莉露出懼色，我看到她的神情，開始啜泣。幾小時之後，警察登門。我跟著警探和他的搭檔坐在廚房裡，一五一十地說出我知道的事情。我思緒混亂，條理不清，不曉得自己在說些什麼，即使跟他們全盤托出，恐怕也沒什麼用。審問了瑪莉之後，他們走進索拉雅和瑪莉的臥室，鉅細靡遺地搜尋索拉雅的私人物品。搜尋之後，臥室看起來像是遭逢洗劫：物品散置各處，連她的內衣褲都被擱在床上，一切似乎受到侵犯。

那天晚上——也就是索拉雅失蹤的第二天——暴風雨來襲。瑪莉和我睜著眼睛躺在我的床上，兩人都不敢說出我們擔心的事。晨間時分，一部汽車開過車道，碎石嘎嘎作響，吵醒了我們，我們跳下床，望向窗外，但計程車的車門一開，下車的卻是一名男子，他留了一撮濃黑的小鬍子，雙唇緊閉，神情凝重。這人顯然是索拉雅的爸爸，而從兩人神似的五官中，我們看到索拉雅的血緣，領悟到一個事實：索拉雅畢竟也是人家的子女，所謂的無牽無掛、自主獨立，不過是一廂情願的幻象。

艾德菲爾德太太叫我們跟薩沙尼先生複述我們跟警察說過的事情。薩沙尼先生人高馬大、威風凜凜，整張臉因爲生氣而揪成一團，看了讓人害怕。我認爲索拉雅沒有足夠的勇氣獨自逃家，瑪莉覺得自己說得出有用的消息，忽然勇氣倍增，權威感十足，結果大多由她主講。薩沙尼先生靜靜聆聽，我們看不出他感到害怕或是震怒。肯定兩者皆是。他朝著門口轉身，打算馬上前往皇家旅館。艾德菲爾德太太試圖安撫他。她複述大家都曉得的事：銀行家兩天前已經退房、房間已被搜查、什麼線索都沒找到。警方傾盡全力辦案。銀行家租了一部車，警方正在追查車子的行蹤。我們只能待在這裡，靜候警方告知消息。

其後幾小時，薩沙尼先生神情肅穆地在客廳的窗前踱步。身爲效命於國王的皇家工程師，他肯定全力遏止種種坍塌。但國王自身難保，王朝業已坍塌，薩沙尼先生精心架構、幅員可觀的人生版圖也在他的腳下瓦解，無異是對安全定律的嘲諷。他把他的長女送到瑞士，因爲瑞士擔保重建安全與秩序，但連瑞士都無法保障索拉雅的安全，這樣的背叛似乎令他難以承受，他看起來好像隨時可能大喊大叫，或是嘶聲怒吼。

結果索拉雅自行返家。自行返家——正如她自行離家，來來去去都是她自己的選擇。那天傍晚，她穿過新綠的田野，出現在寄宿家庭的門口，衣衫散亂，但毫髮無傷。她雙眼布滿血絲，眼影糊了，但相當鎮定，連看到她爸爸都沒有露出訝異的表情，只有當她爸爸聲嘶力竭、近乎啜泣地大喊她的名字，她才稍微皺了皺眉頭。他衝向她，一時之間，他似乎打算高聲叫罵或是甩她一巴掌，但她動也不動，毫不退縮，他反而把她拉向他，緊緊擁抱她，眼中充滿淚水。他操著波斯語憤憤地、急急地跟她說話，但她多半沉默以對。她累了，她用英文說，她需要睡一覺。艾德菲爾德太太問她想不想吃東西，聲調異常高亢。她搖搖頭，好像我們任何人再也給不起她需要的東西。她朝著長長的走廊轉身，走向她的臥室。走過我身邊時，她停下來，伸手摸摸我的頭髮，然後非常緩慢地繼續往前走。

隔天她爸爸把她帶回巴黎。我不記得我們是否說了再見。在我的記憶中，瑪莉和我認爲她會返回寄宿家庭，我們覺得她會回來把書唸完、告訴我們一切。但她始終沒有回來。她讓我們自行判定她到底出了什麼事，而在我的腦海中，她停駐在她伸手摸摸我的頭髮的那一刻，我想著她那略帶憂傷的微笑，深信我見證了某種優雅的風範——唯有把自己逼到盡頭、遭逢難言的陰鬱或恐懼、成功地克服了它，如此才展現得出這樣的風範。六月底，我爸爸完成訓練課程，專精於創傷醫學，將我們全家搬回紐約。九月開學，我回學校上課，班上那些刻薄的女孩對我起了興趣，想要跟我交朋友。在學校的派對上，其中一個女孩繞著我轉了一圈，而我只是沉著地、直挺挺地站在原地。她驚嘆我變了好多，讚美我在國外添購的衣物。我見了世面，在國外繞了一圈之後重返校園，即使我什麼都沒說，她們感覺我已通曉世事。有一陣子，瑪莉寄卡帶給我，她錄下她對我說的話，跟我說她的生活中發生了什麼事。但她終究不再寄來卡帶，我們也失去聯絡。對我而言，瑞士的那段過往自此畫下句號。

在我心中，索拉雅也成了過去，誠如先前所言，我始終沒有再見到她。只有十九歲的那年夏天、我暫居巴黎時，我曾經試圖打聽她的下落，甚至在那時，我也只是隨便試一試，打個電話給電話簿裡兩戶姓薩沙尼的人家，然後宣告放棄。但但我自己沒辦法太投入。我想我沒有那樣的勇氣。那年夏天之後，我再也沒有如此膽大妄為、如此輕率魯莽。我交了一個又一個男朋友，他們全都秉性良善，也都有點怕我，然後我結了婚，生了兩個女兒，大女兒遺傳到我先生淺棕色的頭髮，她若漫步於秋天的田野，你八成很容易就看丟了她。小女兒可不一樣；她在任何場合都引人注目。她自小就獨樹一格，成長發育跟周遭眾人形成對比。我知道我不該想像一個人的容貌操之於己，這樣想是不對的，甚至很危險，但我敢發誓我的小女兒似乎自行造就了她那雙綠眼和那頭黑髮，而綠眼黑髮始終吸睛，即使當她跟其他孩童站在合唱團裡，大家也只注意到她。她才十二歲，個頭依然矮小，但當她走在街上或是搭乘地鐵，男人們已經盯著她看。她不彎腰駝背、不戴上兜帽、不像她朋友們一樣戴上耳機逃避世人，她像個皇后似地挺直站立，卻也因而更讓男人們著迷。她有一股拒絕退讓的傲氣，如果只是如此，我或許不會為她感到害怕。她對自己的吸引力感到好奇，想要探知這股力量的範疇與極限，這才讓我心驚，甚至妒忌。有天我親眼見證；一個西裝筆挺的男人在地鐵車廂另一頭看著她，眼神極為熾熱，似乎灼穿了她。她毫不畏懼地回瞪，眼神之中充滿濃濃的挑戰。如果有個朋友跟她一起搭車，她說不定會慢慢朝著朋友轉身，眼睛卻依然盯著那個男人，同時說幾句話逗得朋友哈哈大笑。就在那時，索拉雅的身影再度浮現在我的眼前，自此揮之不去，甚至可說是糾纏著我。我甩除不了她的身影。在人生的旅程中，你可能偶爾遇見一個人，時隔半生，這個人、這樁事才在你心中抽芽滋生，怦然而現。索拉雅——她那道薄薄的美人鬚，她那雙眼線筆畫出的電眼，當她告訴我們荷蘭銀行家的性慾受到撩撥、她那發自腹胃的低沉笑聲。他一隻手就可以把她折成兩截，但他辦不到；要麼她已經折毀，要麼她就是不會。

屋頂上的蘇斯亞

Zusya on the Roof

雙腳深深踏踩著瀝青，置身一百一十街樓高二十三層的大樓屋頂，懷裡抱著他剛出生的孫兒——他怎會淪落至此？他爸爸會說，這事說來可不單純。「單純」可不是他們家傳的美德。

且讓我們從頭說起，仔細道來：布洛德曼原本已經離世兩星期，但很遺憾地，他居然又回到這個他花了五十年撰寫那些無用書籍的人世。他腸子裡長了腫瘤，手術引起併發症，於是被接上呼吸器、裝上方便液體進出體內的管袋、在輪床上躺了十五天、對抗殘酷至極的雙肺炎。接連兩星期，布洛德曼遊走於生死邊界，不算活著，也稱不上死去。他的肉身就像《利未記》中的屋舍般遭受瘟疫進襲；他們把他的肉身像是石砌屋舍似地一塊塊拆解，仔仔細細地刮擦清洗。要麼成功奏效，要麼徒勞無功。要麼瘟疫可能消失無蹤，要麼病毒早已傳布全身。

等待最終定奪之時，他墜入狂亂的夢境。如此似眞似假、飄渺迷離的幻覺喔！他吃藥吃得迷迷糊糊，體溫不斷攀升，夢境之中，他是反錫安主義分子，行遍全國發表演說，觀眾多到大家必須同步收看轉播。一位約旦河西岸的拉比對他下達格殺令，懸賞一千萬美金斬取他的頭顱，出資者據說是一位猶太籍賭場大亨。他被貼上叛國的標籤，受到各方追捕，只好躲在德國內地的藏身處。遙望窗外，他可以看到綿延起伏的山丘——他在巴伐利亞？或是威悉河山區？爲了保障他的安全，他們沒有告訴他細節，以免他一時失控，打了電話給他太太蜜拉、他的律師，或是格許艾澤恩①的哈南・本維茲拉比。就算他果眞打了電話給拉比，他會怎麼說？我舉了白旗，拜託過來接我，左邊第三條泥土小徑，開過那個女戰神一邊擠牛奶、一邊高唱「小白花」的畜牧農場，喔，別忘了你的衝鋒槍？說不定拉比已經打算拿把切肉的廚刀殺了他。

他在德國的藏身處與馬丁・布伯②、阿齊瓦拉比③、修勒姆④共商大計，大夥神閒氣定地坐在熊皮地毯上，輕輕抓搔熊頭的耳後。他跟摩西・邁蒙尼德⑤坐在一部防彈汽車的後座，兩人講了又講，無止無休。他見到摩西・伊本・伊斯拉⑥，聆聽薩洛・巴倫⑦講學，非但如此，他還揮著手臂驅散眼前的煙霧，扯著嗓門叫喚巴倫。煙霧裊裊，有若星雲，他看不見眼前究竟是何許人，但他知道那位喘著大氣的男子肯定是通曉二十國語言、曾在艾希曼的大審中作證、頭一個在西半球的大學裡執掌猶太歷史學系的薩洛・巴倫。薩洛，你為我們帶來了何等難題？

在那段高燒不退的時日，布洛德曼見證了難以言說的神諭。他掙脫了時間的桎梏，暫且定駐於時光的洪流之中，以超覺的視角觀看自己的一生；他看到他生命的眞實面貌，眼見生命的軌跡始終因爲義務而扭轉。不只是他的生命，他的同胞們也

① Gush Etzion，耶路撒冷以南的屯墾區。
② Martin Buber（1878-1965），二十世紀最重要的猶太籍宗教哲學家之一。
③ Rabbi Akiva，西元二世紀著名的猶太學者。
④ Gershom Scholem（1897-1982），出生於德國的以色列哲學家和歷史學家，亦是猶太神學的重要學者。
⑤ Moses ben Maimon（1138-1204），俗稱 Maimonides，猶太哲學家、法學家、醫師。
⑥ Moses ibn Ezra（1060-1138），出生於格拉納達的猶太哲學家、語言學家、詩人。
⑦ Salo Wittmayer Baron（1895-1989），出生於波蘭的美國歷史學家，被譽爲二十世紀最偉大的猶太學者。

是如此——三千年來，他們承載了難以忘懷的背信棄義、廣受矚目的哀戚傷痛，始終企盼等待。

到了第十五天，他漸漸退燒，一覺醒來，發現自己痊癒了。他的肉身再度適居；他可以再活得久一點。誠如《利未記》的經文，其後只需以兩隻鳥為祭品的燔祭：一隻是牲禮，另一隻可以活命。一隻被殺，另一隻浸在牠同伴的血水中後，在屋舍周遭甩七次，然後放牠高飛。暫且得救，何等寬容！「但要把活鳥放在城外田野裡。這樣為房子贖罪，房子就潔淨了⑧。」他每次唸誦這段經文，必定熱淚盈眶。

身陷幻覺之時，他唯一的孫兒來到人間。心智耗弱的他，幾乎相信孫兒之所以誕生，多多少少肇因於他的意志力。他的小女兒露絲不喜歡男人。當四十一歲的露絲宣布自己懷孕，布洛德曼將之視為形同聖母受孕的奇蹟。但他的快樂有如曇花一現。幾個月之後，他到醫院抽血健檢，順便做個大腸鏡檢查，結果發現他肚子裡也生出一個東西，而當時距離他孫兒出生僅隔一個半月。倘若相信諸如此類的事情，他說不定會以為這是某種神祕的徵兆。他腹部劇痛、汗水涔涔、氣喘吁吁，疑念有如分娩般被推過狹隘的思路，從子虛烏有變成確有其事。腫瘤幾乎害他送命。不，腫瘤已經害他送命。他已爲了他的孫兒而死，但奇蹟似地，他竟然又被送回人世。爲了什麼呢？

一天清晨，他們撤除他的呼吸器。年輕的醫生站在他身旁，雙眼因爲自己造就的奇蹟而濡濕。布洛德曼吸了一口兩星期以來首度靠自己吸進肺部的空氣，未經呼吸器傳送的空氣直衝腦門，他頭昏眼花，伸手把醫生拉向他，距離近到他眼中只見醫生的牙齒，牙齒白燦燦，美得令人目眩，病房之中就數這口白牙最近似神祇，於是他對著這口白牙悄悄說：「我不是蘇斯亞。」醫生不明白。他不得不再說一次，使盡全力擠出這幾個字。最後醫生聽到了。「你當然不是，」醫生安撫他，甩開他孱弱的握持，輕柔地拍拍他扎了針打點滴的手。「你是布洛德曼教授，你一直都是布洛德曼教授。」

若非他們切除了他的腹肌、讓他一笑就痛，他說不定會哈哈大笑。這等人士哪

⑧ 舊約《利未記》14:53：“But he shall let go the living bird out of the city into the open fields, and make atonement for the house and it shall be clean.”

曉得什麼叫做遺憾？說不定他還沒小孩。就他的模樣判定，說不定甚至還沒結婚。條條道路都在他眼前開展。待會兒他會去喝杯咖啡，滿腦子都是對於今天的憧憬。今天早上他剛救活了一個病人！他怎麼可能知道何謂錯失的一生？沒錯，布洛德曼始終就是布洛德曼，往昔如此，今日依然；但他是個不及格的布洛德曼，就像蘇斯亞拉比未能成為他應當成為的人。他小時候聽過這個故事：辭世之後，這位漢尼樸的拉比靜候天主的評斷，他深感羞愧，因為他未能成為摩西或是亞伯拉罕。但當天主終於露面，他只問了一句：「你為什麼不是蘇斯亞？」故事就此告終，但布洛德曼夢見其後的發展：天主再度隱身，蘇斯亞隻身一人，悄悄耳語：「因為我是猶太人，我別無餘地，什麼人都當不成，甚至連蘇斯亞都不是。」

蒼白的晨光從病房的窗戶流瀉而入，一隻鴿子拍拍翅膀，從窗台上飛起。玻璃窗磨砂加工，藉以遮掩對面的磚牆，透過霧面玻璃，他只看得到一個朦朧的影像往上移動。但他想像鳥翼急急撲打，有如標註文句的符碼，在他澄淨的思緒中加註一個個逗點。多年以來，他的思緒從未如此清明、如此專注。在鬼門關前走一遭，種種雜念因而洗滌一空。如今他的思緒晉升至不同的層次，澄淨清明，晶瑩剔透。他感覺自己終於想通一切、看透一切。他想要告訴蜜拉。但蜜拉在哪裡？他纏綿病榻的這些時日，她天天坐在病床旁的椅子上，只有晚上暫且離開，回家休息幾小時。在那一刻，布洛德曼有所領悟：他的孫兒在他離世之時誕生。他眞想知道：他們是否以他的名字爲小男嬰命名？

他多年之前就不再授課，專事寫作。據說他正在撰寫一部彙整畢生所學的鉅著，但沒有人看過書稿，他所執教的哥倫比亞大學系所因而謠言甚囂。其實他很久以前就已心知肚明——終其一生，他浮載於智識的汪洋，他只需拿起杯碗，從中撈取，殊不知汪洋緩緩揮發，等到他赫然察覺，一切卻已太遲。他再也無法領悟。他已經多年未曾領悟。日復一日，他坐在公寓最裡頭的小房間，房裡堆滿他和蜜拉四十年前造訪新墨西哥州購買的原住民工藝品。他就這麼坐在一件件廉價的工藝品之間，經年累月，一無所得。他甚至考慮撰寫回憶錄，但至多只在筆記簿裡寫滿一個個他曾經相識的人名，然後就再也寫不下去。當他以前的學生們來訪，他坐在一個個原始樸拙的面具下，滔滔不絕地申述猶太歷史學者面臨的困境。猶太人認定自己早已完成歷史的書寫，他說。拉比們之所以謹遵舊約正典，原因在於他們認定歷史自此已成定論，無需多言。換言之，猶太人兩千年前就已揚棄先知的卓見，失去唯一的導引。而後奮瑞黨起義、羅馬人殘暴施虐、血流成河、大火、滅城、直至最後的流亡，但猶太人置之不理，反倒決定自外於歷史。其他民族被捲入歷史的洪流，而猶太人只需等待彌賽亞的到來。在此同時，拉比們忙於述寫僅只屬於猶太人的回憶，而兩千年來，整個猶太族群也只能倚賴這樣的回憶。所以囉，他哪有資格興風作浪？說眞的，誰有資格無事生非？

學生們早就聽過這番話，因而愈來愈不常登門造訪。露絲頂多只待十五分鐘。他的大女兒卡蘿早就與他分道揚鑣，他早就當作自已沒這個女兒。她以肉身阻擋以色列政府的推土機，久久才從約旦河西岸打電話回家。但如果他碰巧接起、而不是蜜拉接了電話，她就掛了電話，回到她那群巴勒斯坦戰友們身旁。在那短短的一秒鐘，他可以聽到她的呼吸聲。「卡蘿？」但電話另一端只傳來噠噠噠的撥號音。他究竟哪裡對不起她？他不是一個好爸爸，但他眞的那麼糟嗎？他始終專注於他的學術研究，把女兒們交付到蜜拉之手。難不成這個決定別有用意？就算她們曾經對他感興趣，假以時日，興趣也已漸漸淡薄。夜晚時分，蜜拉在她們上床之前幫她們編辮子，色澤紅銅的髮絲纏繞爲優雅的髮辮，得意歡欣、失望挫折等生活瑣事也如同線軸般在她們母女間拆捲。她們不指望、也不歡迎他加入在這個晚間的儀式，於是他獨自待在公寓最裡頭的房間——卡蘿出生之後，這裡就成了他的書房——但他覺得受到排拒，既是無力，亦是感到無足輕重，愈想愈不開心，甚至怒火中燒。日後他始終後悔自己說的那些話。

但他的女兒們可沒被他嚇到。她們想做什麼，就做什麼，完全無視他的威嚇。他自己的小孩可不像他一樣承受孝道的制遏。身爲家中獨子，布洛德曼千萬不可違逆他的父母，就像他絕對不可朝著他們的臉上踹一腳。他們的一生如同一座紙牌屋似地置放在他的肩頭。他父親頂著古代語言學家的頭銜抵達埃利斯島，下船之後卻只是一個希伯來語教師，他母親成了清潔婦，專門爲布朗區有錢的猶太人打掃家宅。布洛德曼出生之後，她辭去工作，但在她的腦海中，她依然遊走於華屋的房間、盤旋的樓梯、屋中的角落、漫長的走廊。年幼之時，他看著她在這些想像的空間中迷失了方向。孩童能夠了解母親漸漸迷失了自我嗎？布洛德曼不了解。她被帶走之後，家裡只剩下他和他父親。他父親不苟言笑、一絲不苟、虔誠敬神，謹遵傳統與社會的期許教養他。

每天清晨，布洛德曼看著他在冷冷的晨光中虔誠默禱。布洛德曼出門上班時，他依然站在原處，佝僂的身軀好像他教導布洛德曼書寫的希伯來文字母。在那些時刻，布洛德曼的心中盈滿對他父親的愛意，其他時刻全都無可比擬，但他日後猜想，他心中的愛意或許多少是股憐憫，甚至夾雜著保護慾，希冀讓父親不再承受更多傷害。

三個月之後，他們接他母親回家，扶她在床上躺下，幫她墊了幾個枕頭，讓她看望天花板上的水漬。她的腳踝青筋暴露，皮膚緊繃，白得發亮。布洛德曼幫她烹煮、餵她進食，然後坐到桌旁，在捕蠅紙的陰影下一邊看書、一邊聽著她乾咳。當他父親下課回家，布洛德曼幫他把食物端到桌上。用餐之後，他拿塊抹布把防水桌布擦乾淨，取下一本本希伯來語書冊，書冊相當陳舊，皮革書脊近乎脫落，他父親的嘴唇無聲地微動，手指在書頁間移動，寬扁的指甲搜尋著心想的章節。亞伯拉罕曾經綑綁以撒，獻作祭物，以撒因而綑綁自己，永世不得解脫。每晚臨睡之前，布洛德曼檢視自己的枷鎖，如同人們一再查驗家中的門窗是否上鎖。當他終於得以離家，他悄悄地鎖上家門，扛起他的母親、她青筋暴露的腳踝、他佝僂的父親、他喪生於松林林緣壕溝中的爺爺奶奶，置放在自己的肩頭。

但他的女兒們可不一樣。她們可曾察覺他付出的代價？他與他的歷史古籍、他與他的責任義務——她們可曾從他身上學到任何教訓？他父親的照片掛在客廳牆上，兩姊妹從小到大看著祖父嚴峻悲戚的面容。但她們才不願重蹈覆轍。她們毅然轉身，精神抖擻地朝著相反的方向走去，對他珍惜的一切不屑一顧。她們並不敬畏他。卡蘿對他只是輕慢蔑視，露絲對他則是無動於衷。他曾因此對她們大發雷霆，但他心裡明白，其實他忌妒她們膽敢爲自己挺身而出。而後他才明瞭，她們並沒有比他快樂，也沒有比他無牽無掛，但到了那時，一切卻已太遲。卡蘿十九歲的時候住院，當他去醫院探視她，她被套上拘束衣，綑綁在病床上。他低估了她的狀況，竟然帶了一本阿格農的短篇小說集給她。羞愧之餘，他笨手笨腳地把書留在桌上。她仰望天花板，就像他母親也曾抬頭看望。

布洛德曼並未承受這種心神孱弱之苦。就算家族之中有此基因，基因也已隔代相傳，跳過了他。或許他已經鐵了心慎加防備。他的病痛來自肉身，切除了就沒事。歷經萬苦、剖腹切除之後，瘤塊已被安置在某個實驗室的玻璃瓶，而他那早產了四星期的孫兒已被安置在嬰兒保溫箱。不，他並不困惑；他只是因爲這樣的完美對稱感到心驚。布洛德曼在十一樓，他的孫兒在六樓，祖孫兩人一起靜養康復。他自冥界峰迴路轉，他的孫兒自世間漸入佳境。蜜拉奔波於他們之間，好像一個忙碌的國會助理。訪客們來來去去。他們幫小寶寶帶了絨毛玩具和頂級埃及棉縫製的嬰兒連身服，至於布洛德曼，他們幫他帶了水果泥和他靜不下心來閱讀的書冊。

小寶寶出院的那一天，布洛德曼終於康復到可以被推過去看看他。俄國籍的護士一早前來幫他擦澡。「洗個澡、過去看看孫子囉！」她拿著海綿用力幫他擦澡，如同唱歌似地跟他說。他低頭一看，發現自己沒了肚臍眼。他出生的印記已被一道鮮紅醜陋、長達四英吋的傷疤取代。他該如何看待此事？他坐上輪椅，俄國籍護士推著他沿著走道前進，透過一扇扇半掩的門，他看到一雙雙從毛毯中伸出來的小腿，脛骨瘀青，骨瘦如柴，這些人想必已經病入膏肓。

但當他抵達，病房裡已經擠滿聲稱有權打理這個嬰孩的眾人，比方說他女兒、他女兒的女友、捐精的男同志、男同志的男友，布洛德曼等了一個多小時，希冀輪到他跟小寶寶見個面。小寶寶身邊圍滿至親，好像置身高牆之中，布洛德曼從輪椅上根本無法瞥見。他勃然大怒，索性自己推著輪椅退出病房，搭上電梯，在洗腎中心繞了一圈，沿著標示來到禪修中庭，把氣出在中庭裡那尊霉點斑斑的矮胖佛陀。過了半天，沒有人出來找他，於是他決定回去病房找他女兒吵架。

等他回到病房，訪客們已經散盡。蜜拉把沉睡中的小寶寶抱到他的懷裡，小寶寶裹在潔白的毛毯中，他屏息凝視，望著小寶寶完美的耳朵，耳朵形若渦旋，晶瑩剔透，有如出自菲利波・利比修士⑨的畫作。布洛德曼生怕摔了小寶寶，所以試著把懷裡那團輕軟的小人兒換個位置，但小寶寶醒了過來，張開那雙黏答答、睫毛尚未長齊的眼睛。布洛德曼心頭一緊，好像自己這副孱弱衰老的身軀被人用力拉扯。他把小男嬰緊緊摟在懷裡，不願放手。

那天晚上，他躺在他十一樓的病床上，焦躁得睡不著。他的孫兒已經返回家中，躺在自己的嬰兒床上，裹著層層柔軟的衣物，在緩緩旋轉的吊飾下呼呼大睡。

---

⑨ Fra Filippo Lippi（1406-1469），文藝復興時期的義大利畫家，專擅宗教畫。

⑩ Moses basket，一種藤編的嬰兒床具，名稱出自聖經，經文之中，摩西被留置在一個蒲草箱裡，藏放在河邊的蘆葦叢中。

好好睡吧，親愛的小寶寶。你的世界依然一片靜默，不受任何諸事干擾。沒有人會叫你對任何事情發表意見。但大夥對這個嬰孩可是意見多多。眾人之見繞著他迴旋飛舞。露絲先前請蜜拉幫小寶寶買一個摩西提籃⑩。「她要這麼一個提籃做什麼？」布洛德曼說。蜜拉察覺自己不該提起此事，趕緊把提籃塞回包裝紙裡。但布洛德曼已經卯足了勁。「這套虛情假意的戲碼，我們還得持續多少年？」他問。「我們再也不是居住在埃及的奴隸。更重要的是，我們在埃及從來就不是奴隸。」

「你眞是不可理喻，」蜜拉邊說、邊把提籃塞進百貨公司的購物袋，踢到她的椅子底下。布洛德曼知道自己不可理喻，但他不在乎。他可不願退讓。「摩西提籃？蜜拉，爲什麼？妳解釋給我聽。」

不，他睡不著。在這遼闊的世間，肯定有些地方的孩童無需背負先例，生來自由自在、無牽無掛——思及至此，他滿心驚懼，一陣寒意直竄脊骨。如果他被給予這樣的選擇，他的一生會是什麼面貌？但他的機會已經流逝。他早已允許自己被責任與義務壓垮。他未能成爲完整的自己，反倒屈從於承襲自古的壓力。如今他看出這一切是多麼愚蠢、多麼無用！發過高燒，他人也變得聰明，了悟了一切。逝者的論點允許局部麻醉。當蜜拉進來跟他說這個消息，他假裝睡著了。他太累，懶得跟她解釋他近日的頓悟。高燒引發的灼灼白光漸漸暗淡。如今他再度日日厭煩，滿心困頓。他以前不是行動派嗎？他始終認爲自己極富行動力，但他提得出什麼證據？他的著作少得可憐，本本毫無創見，僅是針對旁人的評論發表評論，這樣可稱極富行動力嗎？他倚著泡棉枕頭，仰望建築物之間的狹長藍天。卡蘿才是行動派。卡蘿一度喪失心神，而後卻成了行動派。她以肉身阻擋坦克和推土機，爲她堅信的理念奮鬥，而他這個做爸爸的卻只顧自己的思緒，而且隱身其中，試圖以一套完美無瑕的論點隱藏自己。

　　這場大病讓他掉了二十磅，他的衣服再也不合身。蜜拉忙著外燴和安排座椅，直到割禮兩小時之前才想起這回事。即使大聲叫喊、傷口依然抽痛，他還是扯著嗓門怒吼，威脅說要穿著髒兮兮的睡袍出席。蜜拉早就習慣他發脾氣，五十年來，每當他大發雷霆，她始終秉持過人的冷靜予以應對，此時也不例外，她照常一邊接電話、一邊整理餐盤，然後一句話都沒說就出門。布洛德曼聽到大門喀噠關上，想到她就這麼拋下他，愈想愈火大。他正想拿起電話、在電話裡跟露絲出氣，蜜拉就帶著一件深紅色的絲質襯衫和一件褐色長褲回來，襯衫和長褲是跟樓上的鄰居借的，蜜拉有時會跟這傢伙的太太喝咖啡。布洛德曼至感憎惡，用力把絲質襯衫扔到地上，高聲怒罵。但怒氣很快就從他心中消退，好像熱氣從一棟老屋的窗縫中飄了出去，只留下濃濃的無助與沮喪。二十分鐘之後，他站在樓下，絲質襯衫的衣袖被風吹得鼓起，靜候門房幫他招部計程車。

時值寒冬。計程車駛過一條條暗淡的街道，隔著霧氣濛濛的車窗，他看著這個他住了一輩子的城市，眼見一棟棟建築物模模糊糊地被拋在身後。蜜拉一路沉默不語，跟他沒什麼可說。抵達露絲的公寓之後，他穿著借來的衣服站在大樓的大廳等電梯，腳邊堆滿蜜拉的塑膠購物袋。蜜拉已經先搭電梯上樓找人幫忙。布洛德曼考慮掉頭就走。他想像自己穿過寒風刺骨的街道，步履蹣跚地走回家。

十七年前、他父親逝世之後，布洛德曼出奇不意地陷入嚴重的憂鬱。那是一段慘澹陰鬱的歲月，病況最嚴重之時，他甚至認眞考慮自行了斷。直到他父親逝世之後，布洛德曼才意識到他父親龐大的影響力已經消散。他感到一股模稜兩可、愛恨交織的心緒，好像心中出現斷層，植基其上的種種眼看著瀕臨瓦解。不，那不只是矛盾的心緒，更是一種反抗。他反抗的不是他父親，畢竟他父親是他的至愛。他反抗的是他父親對他的要求，但他父親也得聽從他祖父，正如他祖父也得聽從他曾祖父，如此代代回溯，環環相扣，冷酷無情地世世相承。不，他沒有生氣！他在心理諮商師的辦公室裡咆哮。「我只是反抗壓迫！」

「怎樣的壓迫？」她問，暫且停筆，等著把他的話抄寫在檔案裡。

一個月之後，他不再失眠，偏頭痛也好了，他又慢慢地認得自己。其後幾個月，他一想起自己幾乎走上絕路，心中不禁一顫。中央公園的馬剛大了一坨糞便，摩天高樓遠遠矗立於林木線的另一端，他聞了聞、看了看，心中充滿難以言喻的感恩。沿著第五大道林立的博物館，映照著日光閃閃發亮的黃色計程車，這些都讓他雙膝發軟，好像他剛剛毫髮無傷地從岩礁爬了回來。有時他發現自己駐足於卡內基音樂廳、或是百老匯燈火璀璨的戲院，觀眾們魚貫出場，人人依然陶醉於另一個國度，布洛德曼看著他們，感覺自己被生命團團擁抱。他不再反抗，再無苦楚。但他部分的自我也隨之消逝。他已被歧念所傷，永遠無法回復原有的樣貌。肯定就從那時開始，他原本豐沃的心智漸漸乾涸，直至腸枯思竭，再無領悟。

他站在他女兒公寓寒酸的大廳，拄著醫院配發的手杖，看著電梯的指示燈一閃一閃、樓層號碼逐一遞減，電梯門一開，隨之出現捐精男同志微笑的臉孔。「爺爺！」他聲若洪鐘地叫了一聲，使勁跟布洛德曼握手，然後快手快腳地拿起塑膠購物袋。在密閉的電梯裡，布洛德曼開始冒汗。他張著嘴吸呼，以免吸進男同志過濃的古龍水味。電梯隆隆地逐樓上升，承載著這個可憐的小嬰孩在世上僅有的兩位男性至親。布洛德曼略為退縮，試圖不要想像站在他旁邊的這個男人打手槍、盛滿一紙杯的精液。

公寓裡已經擠滿了人。露絲一個老同學上前跟布洛德曼打招呼，生硬地親了親他的臉頰。「眞高興看到你又回到家裡，你把我們嚇了一大跳，」她扯著嗓門說，好像他大病之後耳朵也聾了。布洛德曼咕噥兩聲，慢慢走到窗邊。他使勁扳開窗戶的把手，吸進冷冽的空氣。但當他走回人聲鼎沸的客廳，他感到頭重腳輕。客廳的另一頭，蜜拉正忙著奉上她小心翼翼地從大茶炊倒出的茶，殷勤地請那位里佛岱爾區的割禮師品嚐。這位女士戴著一頂勾針編織的猶太小帽，帽子跟個晚餐餐盤一樣大，他們僱了一部轎車接她過來，由她割除他孫兒的包皮，以示謹遵與天主的立約。她得切除小寶寶的血肉，這樣一來，小寶寶的靈魂才不會永世與他的族人切絕。

布洛德曼察覺自己腳步顛簸。他擠過廚房的人群，走過一落落塑膠盒裝的奶油乳酪，拄著金屬手杖，沿著黑暗的走廊，舉步維艱地前進。他只想在露絲的臥室裡躺一躺、閉閉眼睛，但當他打開房門，他發現床上堆滿大衣和圍巾，已無空間讓他躺下。他的雙眼忽然盈滿熱淚。他察覺聲聲哀號凝聚於胸腹之間，漸漸高漲，蓄勢待發——一個被摒棄於天主慈恩之外的凡人，才會發出如此哀號。但他反而聽到輕柔的咯咯聲。他猛一轉身，看到角落的搖椅旁擱著一個藤編的提籃。小寶寶張開小嘴。一時之間，他看起來似乎打算放聲大哭，甚至張口說話。但他只是抬起布滿斑點的小拳頭，試著塞進嘴裡。布洛德曼朝他走去，心中盈滿種種情感。小寶寶察覺他那光影重重的小世界起了動靜，小臉微微一轉，小小的眼睛睜得好大，帶著懷疑的神情凝視他的祖父。走廊的另一頭，眾人正在準備器刃。這下他該如何幫他的小男孫？

維修門通往防火梯。布洛德曼扔下手杖，緊抓著扶手，拖著身子爬了兩層樓的樓梯。他腹部的肌肉隱隱作痛，甚至不得不三度停步，擱下提籃喘口氣。走走停停，他們終於來到頂樓，布洛德曼推一推鐵門的把手，門一開，祖孫兩人就置身屋頂。

屋簷的鳥群一哄而散，振翅高飛。俯瞰其下，城市朝向各方延展。由此遠眺，城市似乎靜悄悄，甚至毫無動靜。他望向西方，一艘艘巨大的駁船停駐在哈德遜河，隱隱可見紐澤西州的峭壁懸崖。他把提籃放在鋪了瀝青的屋頂地面，氣喘吁吁。小寶寶在寒風中扭動身子，眨眨眼睛，一臉好奇。布洛德曼的心中充滿了對他的愛，不禁輕輕顫抖。小寶寶的五官是如此秀美、如此純眞，對任何人都無需承擔責任。他盯著這張完全陌生的小臉，這個孩兒依然是一張白紙，只能與他自己評比。說不定他最終跟他們任何一個人都不一樣。

樓下眾人肯定已經發現他不見了。大家八成驚慌失措，公寓裡八成一團混亂。布洛德曼感覺寒風刺骨，吹颳他的絲質襯衫。他不知道接下來該怎麼辦。就算他企盼天主給予指引，此時此刻也全無聲響。天堂已被鉛灰色的天空密密封起，天主豈能給予神諭？他萬般艱難地彎下腰，從提籃裡抱起小寶寶。小寶寶的頭顱往後一垂，布洛德曼趕緊接住，溫柔地把小寶寶抱在臂彎。他東搖西擺、輕輕晃動，就像昔日的清晨、他父親在手臂上和頭上繫綁黑色的祈禱巾、搖晃著身子虔敬默禱。就算他哭了，他也毫不自覺。他伸出手指，輕撫小寶寶柔軟的臉頰。小寶寶睜著灰色的雙

我身沉睡，但我心清醒

I Am Asleep but My Heart Is Awake

我在我爸爸的公寓裡熟睡，夢見門口有個人。那人竟然是他——他三歲大，說不定約莫四歲。他在哭；我不知道爲什麼，只曉得他徹底傷心失望。我拿了一本圖畫書讓他看，試圖轉移他的注意力，書中的插圖優美雅緻，色彩耀眼，比眞實生活的顏彩更鮮活。他瞄了一眼圖畫書，依然繼續哭泣。我從他的眼中看出一切已成定局。所以我只好把他抱起來，摟著他走來走去。這不太容易，但我非得這麼做不可，因爲我懷裡這個亦父亦兒的小小孩非常不開心。

大門的栓鎖叫醒了我。我已經一個人在這裡住了一星期。這時我直挺挺地躺在床上，聽著有人踏進屋裡，把袋子重重地擱放到地板上。那人踢踢躂躂地走開，似乎朝著小小的廚房走去，我聽到櫥櫃開開關關，吱嘎作響。水龍頭流出清水，嘩嘩啦啦。不管來者是誰，這人對家中非常熟悉，這麼說來，來者肯定是他。

從臥室門口，我看到那個陌生人弓起寬闊的後背，幾乎占滿半個狹小的廚房。他灌下一杯水，再倒一杯大口喝乾，第三杯也喝得精光，然後把杯子洗乾淨，倒置在碗架上風乾。汗水浸濕了他的白襯衫。他鬆開袖口的鈕扣，把袖口捲到手肘。他在臉上潑潑水，從木栓上取下格子布的擦碗巾，粗手粗腳地把臉擦乾，擦到一半暫時歇手，拿著毛巾壓按雙眼，然後從長褲後面的口袋拿出一把小梳子，把頭髮梳得服服貼貼。當他轉身，他的臉孔並非我所預期，但哪張臉孔是我所預期？其實我也說不上來。眼前這張臉孔上了年歲，風度翩翩，鼻子高挺，鼻頭豐滿，單眼皮，但炯炯有神，精明伶俐。他走了幾步回到客廳，把皮夾扔到咖啡桌上，這才注意到我站在門口看著他。

我爸爸過世了；他兩個月前走了。紐約的醫院把他的衣物、手錶、那本他在餐廳單獨用餐之時閱讀的書，一併交還給我。我翻翻他的口袋，先是長褲，然後是雨衣，看看他是否留下字條給我。遍尋不獲之餘，我讀一讀那本書，書裡講到法律理論和摩西．邁蒙尼德，讀了半天不知其義。我對於他的過世毫無心理準備。他也沒有指點如何面對。我媽媽在我三歲的時候走了。我們都有面對死亡的經驗，也已說好再也不要面對。但我爸爸毫無示警地打破了我們的約定。

守喪期過後幾天，柯倫把這棟特拉維夫公寓的鑰匙交給我。我根本不曉得我爸爸在特拉維夫置產。過世之前這五年，他每年冬天造訪以色列，在這個他出生長大的城市授課，但我始終以為他住在學校幫他安排的房舍。那種校方幫訪問學者租用的房舍空空蕩蕩、陳設樸質、缺乏個人色彩，什麼都有，卻也什麼都沒有，比方說，櫥櫃裡找得到鹽，卻永遠缺橄欖油；抽屜裡擺著一把刀，卻什麼也切不動。他幾乎從未跟我提及他一月至五月住在哪裡。但他並未刻意保密。比方說，我知道他住在市中心、每星期三天通勤到拉馬特•阿維夫①的校區授課，因為他偏好都市。我也知

① Ramat Aviv，特拉維夫的街區。

道他住的公寓離海邊不遠、他喜歡一早到海邊走走。我們經常打電話，通話之時，他跟我提及他參加的音樂會、試圖烹調的菜餚、正在撰寫的書，電話另一端的我，從未想像他周遭的景況。當我試圖回想我們的對話，我的腦海中似乎只有他說話的聲音；那個聲音盤據了我的思緒，我根本不覺得有必要想像。

但柯倫交給我公寓的鑰匙，而我先前根本不曉得公寓的存在。執行我爸爸遺囑的是柯倫，安排喪禮的也是柯倫；我只需在他們把棺材葬入地穴、鏟入第一把泥土之時到場就行了。松木棺材撞上地底，聲響隆隆，卻也空洞，讓我聽了雙膝發軟。我站在墓園中，身上穿了一件對這種氣候而言太厚的洋裝，想起有次我看到他喝醉了酒。當時他和柯倫引吭高歌，聲音大到把我吵醒。一隻小山羊、一隻小山羊②。狗兒來了，咬了貓兒，貓兒吃了小山羊、那隻我爸爸花了兩個銅板買來的小山羊。我爸爸曾跟我說，《妥拉》之中沒有提到永恆的靈魂；我們所知的靈魂一直到了《塔木德》之中才出現，換句話說，這就像是各項科技進展，諸事變得容易上手，人們卻再也接觸不到某些原生的靈性。他這話是什麼意思？「靈魂」的概念一旦生成、人們對死亡即感陌生？或是他想要指點我、叫我在他過世之後別把他想成是個靈魂？

柯倫把地址寫在他的名片後面，跟我說我爸爸希望把公寓留給我。然後我們站在日光燈通明的走道上等電梯，他說不定察覺先前沒有把話說清楚，於是補了一句：「他覺得妳以後說不定想要去那裡。」

爲什麼？這些年來，我從來沒有去過那裡找他，他也從來沒有邀我去過那裡，他爲什麼說有朝一日、我會想要去那裡？我有些表親住在以色列北部，但我跟他們幾乎沒有聯絡；他們的媽媽，也就是我姑姑，跟我爸爸一點都不像。我的表親們強悍務實，慷慨大方，如今他們自己都有了小孩，他們也讓小孩自由自在地在街上跑跑跳跳、把玩尖銳生鏽的東西，我景仰他們，但不知道如何跟他們交談。我十歲的時候，我祖母與世長辭，在那之後，我只回去過一次。我再也沒有理由返鄉。在此同時，我爸爸也不再跟我說希伯來語，好像順理成章就做出了決定。多年以來，我跟他始終只說英語，因此我幾乎不曾察覺、日後才逐漸了悟，他在夢中說的依然是

② *chad gadya*，譯爲「一隻小山羊」或「一隻小羔羊」，猶太人逾越節的歌曲，以重複堆疊（cumulative song）的形式寫成。

昔日跟人吵架吵輸了的希伯來語，而不是跟我交談之時的英語。

這時，當我爸爸公寓裡的陌生人跟我說話，我不加思索地用英語回答：「我是亞當的女兒。你是哪一位？」

「妳嚇了我一跳，」他雙手抱胸，重重地坐到沙發上，兩腿緩緩張開。

「你是我爸爸的朋友？」

「沒錯，」他邊說、邊摸摸開襟襯衫下的咽喉。他的胸毛稀疏灰白。他示意我坐下，好像這會兒是我不聲不響地出現在他家客廳，而不是他不請自來地在我家客廳露面。他睜著閃閃發亮的眼睛打量我。「我應該猜得出來，妳長得很像他，只不過比較標緻。」

「你沒跟我說你尊姓大名。」

「波亞斯。」

我爸爸從沒提過波亞斯這號人物。

「我是他的老朋友，」這位陌生人說。

「你爲什麼有鑰匙？」

「他說他不在的時候、我可以借住。我偶爾路過特拉維夫，我通常待在後頭那個房間，幫他看東看西。上個月樓上漏水，流到樓下。」

「我爸爸過世了。」

一時之間，他一語不發。我可以感覺他注視著我。

「我知道。」他站起來，轉身背對我，輕而易舉地拾起那袋先前擱放在地板上的沉重雜貨，但他沒有如同我所預期般離開——一般人不都就此告辭嗎？——反而走回廚房。「我要做點東西吃，」他背對著她說。「如果妳餓了，東西十五分鐘就可以上桌。」

我從客廳裡看著他熟練地切洗蔬菜、敲開雞蛋、在冰箱裡到處翻找。他從容自若，顯然把這裡當作自己的家，我看在眼裡，不免氣怒。我爸爸走了，這個陌生人卻打算充分利用他的殷勤好客來揩油。但我已經一整天沒吃東西。

「坐、坐，」他一邊支使我、一邊把歐姆蛋從煎鍋裡滑放到我的盤中。我乖乖坐下，就像往昔我爸爸支使我坐到桌邊。我狼吞虎嚥，狀似根本不在乎歐姆蛋的滋味，以免讓他沾沾自喜——但歐姆蛋相當可口，我好久沒有吃過如此美味的歐姆蛋。我爸爸常說，食物被我吃下肚，他看了也覺得好吃，但食物若是由他親手準備，我也始終覺得比較美味。我用手指捏食盤中最後一片生菜，當我抬頭一看，陌生人正睜著淡綠的雙眼盯視我。

「妳的頭髮，」他說，「妳始終把頭髮剪得這麼短嗎？」我狠狠地瞪他一眼，藉此表明我可不想跟他套交情。他靜靜地吃東西，過了幾分鐘，他再試一次：「妳是學生嗎？」

我喝我的水，懶得更正他。我透過玻璃杯的杯底瞧著他，他的嘴巴看來模糊不清。他跟我說他是個工程師。「這麼說來，你造訪特拉維夫的時候，你想要住在哪裡都負擔得起，」我說。他暫停咬嚼，微微一笑，露出細小潔白、好像孩童般的牙齒。「我在市府部門工作，」他說，然後說了一個北方市鎮的地名。「總之，這樣對我最方便。」

沿，浪花一打上他的小腿，他就開心地大喊大叫，他爸媽坐在塑膠椅上，一邊聊天、一邊共享保溫瓶裡的咖啡。我爸爸受到什麼牽引、回到這個濱海的城市，其實不難理解。但他爲什麼離鄉、而且一走就是二十年，這才讓人想不通。我媽媽過世之後，他帶著我一起離鄉。他在紐約找到教職，我開始上小學，我們愈來愈不常談到媽媽不在了，或是她去世之前的生活。我變成道地的紐約客，但他始終只能是個外來者，如今我來到這裡、置身他的城市，我頭一次納悶他爲什麼等了那麼久才回來，尤其是我已長大成人，也已完成學業。當我頭一次打開大門、踏入那棟我之前毫無所悉的公寓，眼前的景物令我大感震懾：一櫃櫃書冊佔據了牆面，一張張褪色的地氈肯定是他從市場蒐獲的戰利品，架上那些漂亮而無用的小東西八成是他旅行時選購的紀念品，他的歌劇唱片，錫製的茶葉罐和櫥櫃裡的五彩碗盤，那台陳舊的立式鋼琴，鋼琴譜架上攤放著巴哈的樂譜。廚房裡甚至飄著淡淡的香料味。這裡絕對是我爸爸的住處；件件物品皆是他衷心所愛。但正因這樣的慎思布署，致使我感到訝異，甚至不安。那種感覺就像我眼睜睜看著他的一生顚倒翻轉：這裡是他眞正的家，那棟我從小住到大的公寓，僅是他遠離這裡之時的棲身地。我站在他客廳中央，感覺受到背叛，心中一陣刺痛。如果眞有所謂的靈魂，萬轉千折之後，他的靈魂將會回到何處？

當我走回我爸爸住的那條街，天色已經昏暗，我看到他的公寓透出燈光。我隨意一瞥，浴室窗外的晾衣繩輕輕晃動，幾件襯衫——「我的」襯衫——在夜色中東搖西擺。我的視線沿著晾衣繩移動，直到看見一雙大手小心翼翼地把我的內衣褲夾在繩上晾乾。

我衝上三樓，用力一拍走廊的電燈開關，急急搜尋鑰匙，快快衝進家門。「你在幹麼？」我情緒失控，氣喘吁吁，熱血直衝腦門，耳朵轟轟作響。「誰說你可以亂動我的東西？」

這位任職於市府部門的工程師脫得只剩下白色汗衫，一籃濕衣服擱在他腳邊的凳子上。

「那些衣服擱在洗衣機蓋板上，我燒菜的時候弄髒了襯衫，只洗一件衣服，似乎很浪費水。」

他把衣夾含在嘴哩，轉身繼續小心翼翼地把我的衣服夾在晾衣繩上，一件一件推到另一頭。他的肩膀布滿老人斑，但手臂粗壯結實。他沒戴婚戒。

「你聽好，」我壓低聲音說，即使他已經傾聽。「我不知道你是誰，但你不能就這樣逕自走進人們的公寓、侵犯人們的隱私。」

他放下衣服，從嘴裡移開衣夾。「我侵犯了妳的隱私嗎？」

「你在亂翻我的內衣褲！」

「妳覺得我對妳的內褲感興趣？」

這下我漲紅了臉。他剛才拿在手裡的那件紫色內褲陳舊幼稚，褲頭的鬆緊帶也已失去彈性。

「我不是那個意思。」

「不然妳是什麼意思？妳不希望我幫妳洗衣服？好，下次我就不幫妳。」他把最後一件襯衫夾在繩上，從窗邊轉身。「冰箱裡有冰淇淋。我要出去一下，很晚才會回床腳有個小小的木製五斗櫃，除了床鋪，房裡也只擺得下這件傢俱。我打開最上層的抽屜，看見裡面擺著刮鬍用具、牙刷、一套換洗內衣褲。其他抽屜空空如也。

我走回我爸爸的臥室，拿出那本我在他床頭櫃抽屜找到的眞皮相簿。在那棟我從小住到大的公寓裡，我爸爸只保留我的照片，現在我找到一本相簿，自從一星期之前找到這本小相簿，我就停不下手，時時拿出來翻看。頭一頁是一張他的照片，照片裡的他是個小夥子，甚至比現在的我還年輕。他穿著短褲和登山靴，站在一座峽谷的岩壁前方，照片裡的他跟我簡直是一個模樣，幾乎有點詭異。雖然我們的五官始終相似，但我們的年紀畢竟差了一截，就算長得很像，也不太看得出來。但在這張照片中，歲月的戲法清晰可見：我顯然遺傳到他的鼻子，我們父女都有對招風耳，我們的一隻眼睛都比另一隻眼睛小了一丁點，好像有點躊躇，不願多看。就連我們的姿態都相似，好像我們相繼來到世間，就爲了進佔同一處。

我花了一秒鐘才在下一張照片裡認出他。他跟幾個人在瀑布下的水塘裡游泳，張著嘴，雙眼盈滿笑意，快門按下的那一瞬間，他正朝著拍照的那人高聲喊叫。在第三張照片裡，他蹲在岩石上，光著上身，一菸在手，一個女孩坐在他的身旁，熟睡之時散發的體味。我看到他窩躺在床單上、雙腳垂過床沿、雙手環抱枕頭、發出沉穩的呼吸聲，整個人沉沉入睡，完全陷入夢境之中，彷彿他在世間的責任已了，只需像是長眠中的逝者一樣沉睡。光是看著他，我就覺得自己睡意漸濃，好像他把睡意當作咒符，對我施加妖法，忽然之間，我的手腳感覺沉重，只想爬回床上，深深埋在被毯下，放縱自己大睡一場，連夢都不做。我好累，若非房裡的這張床鋪如此窄小，我說不定會爬到床上、窩在他身旁、閉上眼睛呼呼大睡。我費了好大的勁才抽身離開，沿著走廊往回走，一走進房裡就倒回床上。

當我終於勉強起床，幾乎已近正午，日光透過百葉窗的葉板流瀉而入，我不知何故地大睡了一場，心情焦躁，煩擾不安。後頭那個小房間的門關著。我一路走到迪岑哥夫中心的屋頂泳池——這個大型的購物中心有個電影院，還有一家家販售廉價服飾的商店——幾個女人在泳池裡來回漂流，泳衣的下半截全都鬆垮垮，那位戴著金色泳帽的老先生也又現身，他在泳池較淺的一端做他的屈膝運動，如果他滑跤滅頂、久久沒有浮出水面，救生員就會下水把他拖出泳池，但一旦離開泳池、返回家中，他的身邊就再也沒有救生員。有天他會在自家屋宅或是屋外大街滑跤滅頂，就像我爸爸在餐廳裡滑跤滅頂，自此回生乏術。但說不定根本並非如此——說不定穩固生命的那股力量，忽然之間憑空消散。

我游了三十趟，然後走回公寓。陌生人臥室的房門依然關著。我烤了幾片吐司吃，然後去附近的一家咖啡店看書，店裡那個一眼弱視、穿著緊身牛仔褲的服務生一邊跟我微笑、一邊幫我擠柳橙汁。然後我慢慢晃過市場。一個男人試圖跟我推銷帽子，但我不要帽子。我要什麼？這人想知道。我想了想，無言以對。我走到海邊，看著幾個毛髮濃密的男人打板網球。等我走回我爸爸的公寓，夕陽已經緩緩西下，光影自大海漫上人行道，漸漸從海面消逝。那位任職於市府部門的工程師正在廚房烘烤彩椒盅。我踏入家門，看到他窺視烤箱，在那一刻，我才想到這一切說不定都是我爸爸的安排。他事先備妥遺囑、把鑰匙交託給柯倫、確定我會知道他希望我來到此地，同理可循，他說不定也費心商請他的老朋友關照我、看顧我，或是傳遞給我某個訊息；儘管不想驚動我，他依然想要傳達某個訊息或是暗號，讓我知道如今他既離世，我該如何是好。

「妳回來了，」他邊說、邊調低收音機新聞的音量。「太好了，晚餐快要可以上桌了，妳喜歡櫻桃嗎？雜貨店今天有櫻桃。」

我想問他昨晚上哪裡去了。我想問他爲什麼有辦法拖著我一同陷入睡眠的深淵。但他能做出什麼答覆？於是我反而擺設餐具，猜想我爸爸以前坐在哪一張椅子上。我判定肯定是面向窗戶、離爐子最近的那一張——波亞斯昨天就在那裡坐下。這次當我們一起享用他準備的餐點，他坐在他的椅子上，而我坐在我的，我特意表現得比較友善。有些事情變得不太一樣了，而他也曉得。他敏銳的雙眼似乎比我記憶中更明亮，他帶著疑問的神情凝視我，似乎耐著性子，卻也有點哀傷。我但願他開口，但他只是繼續沉默地進食。說話與否似乎取決於我，於是我跟他說其實我不是學生，已經在一家建築師事務所工作了三年，但我並不喜歡。我告訴他，當我早上醒來，我對即將來臨的一日沒有憧憬，我不想成天坐在電腦前，也不想面對建築師突然暴怒，或是他那些富佬客戶的抱怨。

「那妳爲什麼待下？」他邊問、邊擦擦他的嘴。

晚餐之後，他說他要泡個澡。每次他在牆壁的另一側移動身子，我在我房間裡就聽到潺潺的水聲。二十分鐘之後，他從浴室裡出來，依然穿了先前那套衣服，剛刮了臉，頭髮微濕，滑溜溜地往後梳。

「我要出去一會兒，」他說，「所以家裡就由妳獨享囉。」他拿著他的牙刷和毛巾，沿著走廊走到他的小房間，刮鬍水的味道從浴室裡飄入潮濕的空氣中，我也聞得到。

「你來這裡做什麼？」當他再度現身，我忽然冒出一句。我原本沒打算這麼問，話一出口，我馬上後悔。我想讓他知道，在這場虛情假意、爲了我爸爸演出的戲碼裡，我們都得謹守應當扮演的角色，這點我了解。於是我馬上補了一句：「只是過來看看有沒有漏水？」

「我來探望某人，」他回答，從他講話之時把雙手插進口袋的模樣，我覺得他說的是某位女子。他的回答令我失望，我也因而再次對自己感到訝異。那不是我原本期望的回答——但話又說回來，我期望他怎麼回答？他是爲了我而來？

但他一踏出大門，我再次做出讓自己訝異的舉動。我跟著溜出去，匆匆下樓，跟他保持一段距離，沿街跟蹤他。他走過一棵桑樹下，於是我也跟著走過。他穿越馬路到對街，於是我也跟著穿越。他停下來抬頭觀望興建中的高樓，於是我也停下來抬頭觀望。我覺得自己可以一直持續下去，久久尾隨著一個生靈。

我們很快就走到城市陌生的一帶，這一帶比其餘各處更破落，家家戶戶的陽台似乎只用幾根螺絲釘固定，看來顫顫巍巍。他在一家糕餅店停步，不一會兒拿著一個綁了線繩的小盒子走出來。餅乾？什麼口味？蛋糕？那位女子最喜愛、次次等著他帶來、也已期望他會帶來的那一款？他看看對街，一時之間，他的目光似乎迎上我的目光。但他的臉上沒有流露任何神情，轉身繼續前進。往前走了幾條街之後，他踏進一家超市，這次我躲在一部車子後面等候，直到他拿著一個塑膠袋走出來。

到了這時，天色已暗。這位名叫波亞斯的陌生人——誰曉得他是不是果真叫做波亞斯？——依然繼續前進。我們又走了將近一小時。但我不介意，我始終是個步行健將。我爸爸以前常說，我從小就可以走很多路，而且從不抱怨。要不是我渴了，或是我沒帶錢包就跑出門，我不介意就這麼走一整晚。但我過不了多久就很想喝水，每次經過裝滿各式飲料罐的回收籠，我就察覺自己好渴。

陌生人終於在一棟灰泥公寓前停步。前院的小花園雜草叢生，門口有一叢高大的灌木，還有一棵奇形怪狀的大樹，漆黑油亮的樹葉遮掩了公寓的外牆。他停下來抬頭一望，透過大樹的樹葉，我看到一樓的窗戶亮著燈。他穿過公寓前的閘門，但沒有走進公寓，反而繞到旁邊的小巷裡，四、五隻瘦巴巴的貓咪從灌木叢裡鑽出來，竄過他的腳邊，他從超市的塑膠袋裡拿出幾個罐頭，貓咪繞著他喵喵叫，他拉開罐蓋，把罐頭擱在地上，貓咪一擁而上，灌木叢裡甚至鑽出更多隻。當他把一些空罐頭踢到一旁，貓咪們全都緊張地往後一跳，他說了幾句話安撫，牠們才又回來繼續大啖貓食。我站在街燈下，再也不管他是否看到我。但就算他知道我在那裡，他也沒有拆穿。他把塑膠袋塞進口袋，繞回前院，暫且停步，好像想要吸一口夜晚的空氣，然後又抬頭一望，凝視著樹葉間透出的窗光。枝幹在夜風中搖擺，輕輕敲打玻璃窗，他站在原地，叮叮噹噹地把玩口袋裡的銅板和鑰匙，好像試圖做出某個結果難以預卜的決定。然後他胸膛一挺，匆匆走過步道，消失在黑暗的公寓大廳之中。一隻貓咪嘶聲喊叫，某戶人家開著電視，但除此之外，四下靜默。一時之間，我覺得自己聽得到海浪的聲響，但那只是夜風在樹葉間簌簌作響。我穿越空蕩的馬路，走到街道的另一頭，但從這裡甚至更難觀測窗內的動靜。我顯然必須爬到樹上。

我站在樹根上搜尋立足點，勉強把自己拉抬到枝幹之間。細瘦的樹枝勾住我的運動衫，斷裂的枝條汨汨流出樹脂，讓我的雙手變得黏滑。有次我的腳一滑，差點摔下來，但我漸漸爬得夠高、距離也夠近，甚至幾乎手一伸就碰得到他們：一方光影之中，一個年輕的女子和一個小孩安然坐在桌邊，她的長髮編成髮辮，垂到腰際。當她擱下書本、抬頭看看小孩畫了什麼，我看著她那雙被燈光照亮的眼睛，一個念頭緩緩浮現，心中漸漸清明：不知何故，某個地方的某位人士給了他一副錯的鑰匙，她才是他前來關照的女兒。我爬樹爬得雙腿發抖，趕緊抓住樹幹穩住身子，等著她聽到門鈴聲、開門讓他進來。他爲什麼拖了這麼久？他在她的門外排練些什麼？他們自己的門戶，那一道道他們心愛之人的門戶，是否只對逝者上了鎖？

在那一刻，我聽到下方傳來腳步聲，我低頭一望，看到他匆匆走到街上。我趕快爬下樹，細枝一路擦刮，劃傷我的臉龐和手臂。爬到最後我用力一跳，猛然落地，拔腿飛奔。街道另一頭有個人影，我看著他在拐過街角，但等我跑到那裡，他已不見人影，沉靜的街道直通一條繁忙的大道。車輛飛馳而過。一部公車吱吱嘎嘎地停下，他可能被公車遮住，但當公車緩緩駛離，人行道上空空如也。我凝視街上唯一尚未打烊的店家，但那家二十四小時營業的藥房裡只有一個老太太拄著手杖、站在盒裝罐裝的藥品之間、耐著性子等著拿藥。他可能就這樣消失無蹤嗎？我想了想，很氣他，也氣自己。但說不定眞正的問題是：我怎麼有辦法跟蹤他跟得這麼遠？

特拉維夫任何一處距離大海都不遠，當我琢磨出怎麼走到海邊、搞清楚自己在哪裡，我察覺我爸爸的公寓其實比我想像中近。漆黑之中，大海呈現出不同的風貌，海面更加遼闊，海中更加活絡，充滿智慧的生靈。岸邊有個老舊廢棄的迪斯可舞廳，我走到舞廳後方的防波堤，看到一群男人在堤防的盡頭釣魚，他們朝著漆黑的大海拋竿，我看了一會兒，但沒看到他們釣起半條魚。我心想，我該不該回家等候陌生人。但我覺得他不會回來，今晚不會，明天也不會，就像我也覺得再過十年、當我自己也有了小孩，我才會終於更換大門的門鎖。

等我回到家中，已經過了半夜，我查看一下陌生人的房間，房裡空空如也，正如我的預期，床也鋪得整整齊齊。我頭重腳輕，疲憊的感覺席捲全身。我走向我的床鋪，邊走邊脫衣服，一件一件沿著走廊扔下——獨居之時，我始終如此。百葉窗緊閉，四下伸手不見五指，我摸黑走到床邊，癱倒在床單上，睜著眼睛直挺挺地躺在床上，直到那時，我才聽到規律的呼吸聲。有人已經睡在床上！我大聲尖叫，雙手狂舞，手掌陷進某個柔軟溫熱的軀體裡，我摸索著開燈，當燈泡灼灼一亮，我看到那個陌生人手腳一攤、穿著汗衫、嘴巴半張、像先前一樣陷入沉睡。他八成只比我早一點進門，但他已經遠離清醒之境，我的尖叫、我的拍打，全都叫不醒他。我的心臟噗噗狂跳，從地上一把抓起運動衫，急急從頭上套進去。我打算把他搖醒、要求他解釋一切，我想要叫他滾下我的床，或說我爸爸的床——最起碼這不是他的床，因爲就算他有張床，那張床也在走廊盡頭的小房間裡。但就當我想要抓住他的肩膀，一陣強力的寒意席捲心頭。忽然之間，我生怕叨擾了他，好像他自始至終都在夢遊、吵醒他說不定就破壞均衡、致使某些情勢永遠告終。

我關燈，輕輕帶上門，沿著走廊走到小小的客房，爬上窄小的床鋪。一時之間，我覺得睡神似乎永遠不會降臨，但當我張開眼睛，晨光卻已大亮，我聽到嘩啦嘩啦的水聲，但那不是有人在放洗澡水，而是水從樓上的公寓湧過牆壁裡的水管。說不定不一會兒就又漏水，然後陌生人就得起床處理。我下床，走向我爸爸的臥室找他，臥室的門開著，床鋪空蕩，床也沒鋪。我走進客廳，幾乎被他絆倒。他蜷伏在地上，膝蓋貼著小腹，雙手塞在雙膝之間，睡得像個嬰孩。我非常輕柔地踢他一下，但他依然沉睡，置身浩瀚的睡夢之境，絲毫不爲所擾。他這個狀況可以持續多久？我心想。再過不久，冬天即將降臨，大海益發陰鬱，雨水將會落下，在殘破的柏油路面留下一灘灘積水。但即使心裡這麼想，我也知道這個狀況將會持續許久。我會習慣在走向廚房的途中踏過陌生人，因爲人們就是這樣度日——我們漫不經心、隨隨便便地踏過諸如此類的事物，直到它們再也不是我們的負擔、我們或許可以將之全然忘卻。

終程

Ends Days

大火燒到第三天，火舌躍過邊界，延燒到了市區。就在這一天，拉比打電話來查問她爸媽的離婚判令是否寄達。諾雅被電話吵醒。剛過七點，但拉比說不定天亮即起，他的生活方式顯然比較古早。她請他先不要掛斷，起床翻尋自從她爸媽離家後就堆在桌上的郵件。在成疊帳單和廣告郵件底下，她看到那個褐黃厚重、寄自加州高等法院的大信封。

「哈囉？」她朝著電話聽筒說。「寄到了。」

她肯定手指一滑、不慎按觸某鍵，因爲這會兒拉比的聲音變成免持接聽，音量增大，聲若洪鐘。他指示她如何寄給他一份副本，這樣一來，猶太人所謂「休書」①

① 透過猶太傳統儀式締結婚姻的夫妻，根據正統猶太教所奉行的法律，同意離婚的丈夫需給妻子一份正式文件「休書」（get），方能正式解除關係。若妻子未拿到休書便再婚，則會被猶太法院裁定爲通姦。

的離婚文件才可定案，正式受到肯可。她抄下地址。拉比將要帶領一團三十五人的教徒前往波蘭，預計明天啓程。出發探訪波蘭猶太區之前，他希望把這事辦妥。「一切應當準備就緒，」他對她說，所以他急需諾雅手中的文件。今天能夠收到最好；最遲明天早上必須寄達。拉比提都沒提大火。此時此地的這場大火，與他無關。

夏天一到，諾雅一家總是回到過去，通常也不在乎此時此地發生何事。他們回到鐵器時代，關注當時接二連三的災禍。她爸爸李奧納德經常說，他們得益於旁人的悲劇，每年六月、當新近加入的小組成員齊聚聆聽他的歡迎致詞，他總是這麼說，所以她一想到炎炎酷暑與漫漫夏日，心中不免浮現久遠之前的苦難。李奧納德常說，考古不是創建累積，而是反其道而行；隨著工作的進展，物物都將遭到拆解毀損。諾雅始終試圖從他的聲調中聽出一絲遺憾，但始終察覺不出任何異狀。她十歲的時候，李奧納德和他的副手哈拉瑞商談事情，她剛好也在場，哈拉瑞也是個考古家學家，養了一隻缺了一腿的小狗，他不想動手敲毀一道完整的小牆，為此大傷腦筋。「你覺得你以後真的會記得這道牆嗎？」她爸爸大聲質問。哈拉瑞舉起沾滿汙泥的手，反手抹去額頭上的汗珠。「把牆拆了，」她爸爸下令，然後蹣跚走向毒辣辣的陽光下。

李奧納德從女兒們出生就在米吉多挖掘。米吉多被希臘人稱為「哈米吉多頓」，《啓示錄》也曾諭示，末日將至之時，善惡大軍將在此地決戰。但米吉多的歷史遠溯數千年。過去二十年來，李奧納德一世紀一世紀地挖掘，直到西元前十世紀的文物一一出土，而根據聖經記載，北境的以色列和南境的猶大，即是在西元前十世紀之時被大衛王統一。李奧納德常說，米吉多是解開以色列王國之謎的考古勝地，但米吉多也是她的遊憩勝地。每年夏天，她都到這裡過暑假，考古小組的學生們看顧她，大家輪流陪她和蕾秋玩耍，直到她們年紀大到可以自己找樂子。他們一家人通常住在挖掘現場附近的集體農場，年齡稍長之後，她們姊妹經常成天坐在農場乾枯的草地上看小說，或是到農場的游泳池游泳，池水中加了氯，讓她們的眼睛發癢、視線模糊。

但現在蕾秋在紐約實習，她媽媽莫妮卡在歐洲照顧生病的外婆，她爸爸已經獨自返回米吉多。諾雅也是落單，她悄悄打開通往陽台的門，吸一口戶外的空氣。漫天煙霧，焦味刺鼻，清晨的陽光卻在綠葉之間閃爍跳動，感覺不太搭調。這裡剛過七點，也就是說米吉多已是傍晚五點、正是大家動手刷洗當日出土的陶器碎片之時，五點半整，李奧納德準時到場，工作小組會把碎片一桶接著一桶倒出來讓他檢視，他也會快速篩選，判定哪些碎片應該送交重建、哪些碎片應該予以丟棄。年幼之時，這個程序她已經看過無數次，她也經常在桌邊找個好位子，距離近到她可以搶下一片被丟到桌下的碎片，從廢棄的渣滓中挽救一個陶瓦把手，或是釉彩碎片。

養育了兩個女兒、同甘共苦了這些年之後，李奧納德和莫妮卡在初春之時心平氣和地分手。有些親友問起此事，漠不關心的親友也不在少數，但他們對每個人都做出同一番解釋：婚姻這條路，他們已經走了二十五年，現在他們都已準備面對全新的探險。至於何謂「全新的探險」，兩人都說不出所以然，但他們打算探索的境域是精神層次，而非地理疆界，這點諾雅倒是非常清楚。對他們這種自由開放、心性成熟的人們而言，分手一點都不值得傷心，因爲啊，李奧納德和莫妮卡解釋，他們永遠都會是好朋友。他們的分手極爲平和，甚至帶著諾雅和蕾秋參加離婚儀式，就像往昔帶著她們觀賞納米比亞原住民部落的療癒之舞，或是白金漢宮的衛兵交接。莫妮卡穿了一件印花洋裝，舉止儀容跟平常一樣無懈可擊。蕾秋特地跟學校告假，離婚儀式的前一天從東岸回到家中。她們都很訝異爸媽鬧離婚，但只有蕾秋堅信事出有因。諾雅也希望自己這麼想；她想要相信爸媽之所以鬧離婚，或許純粹肇因於最近的一些事端，而不是多年之前就已存在的根本歧異。開車前往猶太會堂的途中，她聽著她爸媽絮絮講述他們怎麼相遇、她們姊妹還是小寶寶之時的種種往事，就像人們去年在她祖母的守喪期間列舉老太太生前的種種事蹟。

她的成人禮不久之後，她爸媽就與猶太會所日漸疏離——至於那個成人禮，諾雅只記得自己對著一屋子無動於衷的親友們高唱五音不全的〈雅各之夢〉——所以他們必須一再商請，會所才肯指派一位拉比主持儀式，撤銷她那奧地利籍的外公外婆四分之一世紀之前堅持舉辦的傳統猶太婚禮。這個小小的猶太會所曾經相當美觀，近年來卻已陷於殘破。一位年輕的拉比幫他們開門，當他看到莫妮卡抬頭仰望剝落的灰泥和覆蓋著塑膠布的彩繪玻璃天窗，他立即跟他們說會所的屋頂出了狀況。他金色的鬍鬚稀稀疏疏，幾乎遮不住他的臉孔；他頂多二十歲，似乎沒有足夠的經驗拆解她爸媽漫長而複雜的婚姻。中金拉比快到了，年輕的拉比解釋說他只是助手。這句話衝著諾雅說，好像他已察覺她的懷疑。

他們四人坐在聖堂一排硬邦邦的長椅上，在此同時，年輕的拉比忙著擺設桌椅。後門半掩，通往一個小房間，房裡孩童的玩具和書本散了一地。李奧納德說，這些人啊，他們顯然不覺得整理打掃有何重要。秩序與條理只有在來世才找得到。他心不在焉地輕踏地板，莫妮卡對彩繪玻璃發表評論。他穿著一雙好鞋，而他討厭好鞋，向來偏好足蹬他那雙沾滿鐵器時代塵灰的登山靴橫行世間。他腳上那雙硬邦邦的好鞋象徵著她爸媽之間的歧見，歧見有如一塊鐘乳石，行之有年，成因難測，經年累月漸漸增長，直到像把匕首似地懸吊在兩人的頭上。

中金拉比終於穿著他那套黑色的西裝現身，一個矮胖的經師隨之露面，經師不修邊幅，一條祈禱披肩鬆鬆地披掛在白襯衫上，腋下夾著一個破爛的公文夾，後面跟著一個高高瘦瘦、留了大鬍子的拉比，他將擔任見證人。

「太好了！」申金拉比雙手一拍，高聲說道。「大家都到齊了。」

李奧納德走到桌旁，在莫妮卡的旁邊坐下，但申金拉比嘖嘖作聲，示意他坐到莫妮卡的對面。李奧納德清清嗓子，跨著大步走到桌子對面。諾雅跟蕾秋站在一起，直到年輕的拉比匆匆跑向前，帶著他們走向前排的長椅。

「哎喲，」瑞秋的夾腳涼鞋絆到椅腳，喃喃抱怨。

一張張複印的文件傳送到李奧納德和莫妮卡的手中，文件上印著一段他們必須朗讀的經文。猶太人執行這個程序已達兩千年！拉比面帶微笑地宣稱。深仇大恨也已累積了兩千年！諾雅默默補了一句。經師打開他的文件夾，取出一根大大的羽毛，然後用一把伸縮刀片削磨羽尖，堅硬的碎屑落入他襯衫的衣縫。當李奧納德大聲宣稱有些疑問，經師從文件夾裡拉出一把羽毛，開始一一削磨。這是什麼鳥的羽毛？莫妮卡客氣地問道。火雞，經師回答。高高瘦瘦、權充證人的拉比咕噥一聲，意表讚許，兩人一致同意火雞的羽毛最堅固。經師拿出一張白紙和一個上了羊腸線的板子。

誰的腸線？諾雅眞想發問。他把白紙蓋在板子上，伸手輕輕壓按，紙上隨即浮現一道道直線。他將循著一道道直線小心翼翼地寫下一個個希伯來字母，字字未曾經她爸媽的同意，卻撤銷她爸媽先前誓言立下、如今再也不願遵從的盟約。經師書寫之時，她媽媽沒話找話講。就算見證行刑，她也覺得必須跟大家閒扯。經師說他父親也是經師，但她聽進去了嗎？

「四代相傳。」

「說不定之前的先人也是，只不過你不知道，」申金拉比說。

「喔，之前的先人是屠夫。」

「他們起先屠宰牲畜，」見證人拉比看著經師書寫，喃喃說道。「現在殘害人們。」

「不，」經師說，他的頭抬也不抬，眼睛始終盯著希伯來字母。「現在我們幫助人們繼續過日子。」

書寫完成之後，申金拉比和見證人拉比從頭到尾檢查兩次、高聲朗讀兩次，然後坐下來靜待墨水風乾。

「今天濕度百分之百，」見證人拉比朝著窗戶搖搖頭說。一串鑰匙扣在他的皮帶上，他一動，鑰匙就噹噹響。他的領帶夾也是鑰匙狀。天知道他需要這麼多把鑰匙幹麼。

經師吸乾紙上的墨水。紙張終於縱向對折，然後橫向兩折，一端塞進另一端。

拉比示意莫妮卡起身、跟李奧納德面對面站立。

「雙手托在一起，」申金拉比指示她。「你也一樣，」他朝著李奧納德說。「跟著我說：『現在我放手讓妳走、讓妳脫離這場婚姻、讓妳單飛，妳也因而獲准為自己作主，嫁給任何一個妳想嫁的男人。』」

諾雅屏息。蕾秋在她旁邊不屑地哼了一聲。

「從今天起，沒有人可以出言反對，妳獲准與任何男人結為連理。」

她覺得她爸爸說到「任何男人」之時，聲音微微顫抖，但她不太確定。她轉頭看蕾秋，瞥見那個留了金色鬍鬚的年輕拉比盯著她看，而且慢慢移開他藍色的雙眼。

「我將對妳奉上一紙遣散函，」申金拉比繼續說。「一紙釋放函、一紙赦免函，一切謹遵摩西與以色列律法，」李奧納德跟著覆誦，聲音至為宏亮。沒錯，他喜歡發號施令，不太容易相處，但當他最需要客觀視事之時，他卻始終被自己的怒氣蒙蔽了雙眼，致使看不到旁人的痛苦，這才是他對旁人造成的傷害。曾有一時，莫妮卡覺得李奧納德自己補襪子眞是迷人。他們喜歡跟大家說，有天她在他那棟單身公寓裡醒來，看到他彎著身子補襪子，嘴巴咬著線尾，就像他母親以前教他的一樣。但李奧納德的個性既頑固又乏味，怎麼改都改不了，假以時日，莫妮卡再也無法從他這個習慣中看出一線曙光。

李奧納德遵照拉比的指示，把折成長方形的紙張放在莫妮卡托在一起的雙手上，紙張太大，雙手手掌承納不下，所以莫妮卡想都不想就用大拇指夾住紙張，以免紙張滑落。

「不行！」幾位拉比異口同聲地大喊。

爲人妻者顯然不准移動雙手接收文件；文件必須由爲人夫者授予。這簡直是一套野蠻人的律法，但莫妮卡似乎不以爲意。說不定對她而言，她這場判斷失誤的婚姻以這種方式畫下句點，倒也不失適切。在諾雅眼中，她媽媽似乎已經心不在此。但話又說回來，她媽媽始終心不在此，永遠身處一個她覺得遙不可及的地方。李奧納德再次授予紙張，這次莫妮卡的雙手動也不動，好像準備接下一隻飽受驚嚇的小鳥。然後拉比勒令她把紙張高高舉在頭的上方，莫妮卡把手臂往上一伸，緊緊抓住這張依據某些古老猶太律法摺疊起來的紙片。

儀式結束之後，他們開車到李奧納德和莫妮卡喜歡的義大利餐館。後車廂裡的多片光碟機片片都是李奧納德的歌劇光碟，帕華洛帝的歌聲流瀉而出。諾雅還差一年才畢業，大夥享用沙拉時，李奧納德和莫妮卡跟她說，他們秋天會輪流跟她住在家裡，直到她畢業爲止。這個計畫當然只是暫定，因爲現在才五月。至於夏天，他們說諾雅可以跟李奧納德到米吉多探勘挖掘，也可以跟莫妮卡到維也納探視外婆。她抗議：去年她整個夏天都在花店打工，今年她也打算如此。她正在存錢籌措旅費，準備高中畢業之後前往巴西、秘魯、阿根廷旅行，說不定甚至遠赴復活島。她爸媽決定把他們自己的生活搞得天翻地覆，她幹麼非得因而改變她的計畫？她在米吉多八成索然乏味，她外婆的公寓擺滿大件傢俱，絲質窗簾始終拉上遮陽，八成讓她倍感壓迫。爭論隨之而起，但諾雅立場堅定，絕不動搖。她堅稱她絕對可以一個人在家。蕾秋忙著跟她在波士頓的男友傳訊息，聽都沒聽大家在吵什麼。蕾秋融合了李奧納德和莫妮卡的相貌，五官頗似兩人年少之時，諾雅不一樣；青春期之後，她愈來愈像李奧納德。她也繼承了李奧納德的身高，讓她爸媽覺得她比實際年齡大。除此之外，李奧納德和莫妮卡向來實事求是，始終堅信把孩子們當大人看。這會兒他們卻大費周章把她當小孩看，怎麼說得過去？她頑強抗拒，直到她爸媽終於罷休。就算他們對於離婚感到愧疚、或是覺得不該遵循內心的私念，他們的自責也持續不了多久。李奧納德六月中旬已前往以色列，莫妮卡一星期之後也飛往維也納。她爸媽相識最久的老朋友傑克和蘿貝塔・波柯維茲受託看顧她，蘿貝塔謹遵承諾，不時從超市打電話探詢諾雅要不要過來吃晚餐、或是需不需要什麼東西，但諾雅始終說不。

諾雅在廚房裡燒水泡咖啡。這棟屋子肯定一年之內就會出售，這會兒既然只剩下她長住家中，她高興怎麼重新布置都行。那個她爸媽相識之初一起選購的、刻有蘇美生育女神像的壺被她收進走廊的櫃子裡，擱放在她爸爸網球拍的後頭。神像肥胖土氣，傳達出不祥的氛圍，令人望而生畏。她也取下貼在冰箱上的照片。蕾秋和諾雅，李奧納德和莫妮卡，笑盈盈地站在高聳的山頂或是銀亮的大漠，現在看來只覺虛假。整棟屋子似乎植基於失眞的許諾，種種設置看來欠缺眞誠。或許這就是爲什麼諾雅在她爸媽離開之後就捨棄自己的臥室，反而把客廳的沙發當作睡床。蓋柏深以爲擾。他不喜歡哥雅畫中的耆老俯視著他赤身裸體。他把耆老稱爲「老學究」，將一切怪罪於他。其實他們兩星期前已經分手，她把老學究留置在牆上，讓他繼續俯視躺在沙發上的她。從沙發上望去，她可以看到飯廳的餐桌，他們全家始終在桌旁跟親朋好友歡度逾越節、感恩節、生日和其他特殊時刻。她的表兄妹們稱呼自己的父母「爸比」和「媽咪」，她聽了始終欣羨。她跟她的爸媽雖然很親，但「爸比」和「媽咪」隱含著某種親暱，甚至可說是傻氣，跟李奧納德和莫妮卡不搭調，她若是這樣稱呼他們，只怕會讓自己難爲情。七、八歲的那年夏天，她在集體農場上稱她爸爸爲天父「阿爸」，但八月底他們返家之時，「阿爸」之稱就跟其他玩具、小石頭、夏季時節收集的種種小玩意被留了下來，因爲這些東西裝不進行李箱、或是返家之後就派不上用場。

吃著她的玉米穀片時，她的手機響了。李奧納德來電，他一直收看新聞，關注火勢；大火已經延燒十萬多英畝，消防人員極度疲憊，火勢卻毫無受控之跡。火苗隨著強風飄進市區，數以千計的市民被迫撤離。他已經致電波柯維茲夫婦，傑克會過來接她。但諾雅不願接受這樣的安排。她爭辯說自己並未置身險境。大火離她相當遠。爲了改變話題，她問起挖掘工作有何進展。她爸爸立刻興高采烈地報告最新發展，跟她描述實驗室如何鑑定燒焦的磚塊。他跟她說，鑑定結果顯示，這些磚塊並非當初建造時燒製的，而是移用自一個年代更久遠以前遭到摧毀的城市的。諾雅從小就知道磚塊經過火焚之後會留下永久的印記，但這時她任由她爸爸滔滔不絕地講述，她只是靜靜喝完碗中的牛奶、洗了碗、把碗倒放在架上晾乾。她爸爸喜歡跟大家說，既然他已顛覆現存的十世紀考古學典範，這會兒他打算追根究柢，探究到底是誰毀了這座鐵器時代末期的城市。諾雅原本打算跟他說拉比來電，但她還沒開口，李奧納德就被他的副手、或是副手的副手叫了過去；他們需要聽聽他這個專家的意見。他說他稍後再打電話給她，屆時再商討怎麼做最審慎。

諾雅看了看時間，察覺自己上班已經遲了。她從沙發旁邊的地上抓起一件襯衫，聞了聞襯衫腋下，鈕扣都沒解開就直接從頭上套下，她也懶得穿胸罩，她十四

蘭柯太太來自紐約皇后區，法蘭柯先生則跟著他的父母於戰時從歐洲逃到美國，一人新派，一人老派，恰為對比。法蘭柯先生的父母早已辭世，兩人的照片掛在通往浴室的走廊上。但這些年來，區隔兩家後院的竹叢愈來愈茂盛，到後來再也無路互通，諾雅也長大了，不再登門造訪。李奧納德偶爾過去幫法蘭柯夫婦修理東西、或是幫法蘭柯太太處理一封她搞不懂的銀行來信。幾個月之前，法蘭柯太太在睡夢之中腦溢血，與世長辭。李奧納德、莫妮卡、諾雅走過去參加坐七守喪，他們一踏進法蘭柯夫婦的家，屋裡那股早已被她遺忘的氣味馬上又浮現腦際。稍後李奧納德跟他們說，法蘭柯先生偷偷摸摸把他拉到一旁，兩人單獨待在兩晚之前法蘭柯太太辭世的臥室裡，他跟李奧納德說他在花園埋了一些東西、必須趕緊挖出來。法蘭柯先生起初不想吐露是什麼東西，但當他察覺他若不吐露實情、他就無法借重李奧納德的專長，他只好打開五斗櫃最上頭的抽屜，遞給李奧納德一張小心摺疊的收據，收據中詳載他們夫婦在一九七三年購得一百五十枚南非克魯格金幣。過去四十多年來，這些金幣包在塑料紙裡，密封在麥斯威爾咖啡罐中，埋藏在花園底下，問題是他不記得確切的地點。但為什麼？李奧納德問老先生。他何必打從一開始就把金幣埋了？「以防萬一」，他只這麼說，其餘一概不談。這時諾雅眞想知道她爸爸究竟有沒有幫法蘭柯先生找到金幣。她好想停下來問問法蘭柯先生，但她上班已經遲了。

她開到街尾才想到拉比，她一手打排檔桿，停車考慮了一下，然後迴轉開回家，跑回廚房，拿著那個高等法院的信封再次走出家門。她把信封緊緊抱在胸前，高聲跟法蘭柯先生問好，法蘭柯先生抬頭仰望閃耀的天空，諾雅也跟著抬頭，赫然瞧見一架直升機浮懸在空中，漫天煙霧隨之翻騰。

在花店裡，人們已經忙著把一盆盆桌花搬到小貨車裡，新娘不在乎熊熊大火無法管控、畝畝林木遭到火吻、戶戶家宅被火吞噬、兩位消防人員已在烈焰中喪生；無論如何，婚禮都將如期舉行。「赴湯蹈火，在所不辭」，新娘的爸爸如是說，姑且不論大火當前，這話聽來實在不恰當。他還威脅說如果桌花沒有送達，他就要告上法庭。但他的公司是這家小花店的大客戶，更別說桌花的主花不是紫丁香，而是陸蓮花，已經引發客戶不悅，所以店主承諾竭盡全力將桌花送達婚禮現場，也就是新娘家中。

諾雅的老闆從一叢蕨草後頭大聲呼叫。

「公路已經封鎖，鮑比還沒到，我得請妳跟尼克一起送貨。」

她幫他把桌花搬到小貨車裡，一共二十五盆，外加三大束甕中的鮮花和伴娘的捧花。當她把最後一盆桌花放置在貨車清涼的車內，她的手機抵著臀部嗡嗡響。她媽媽來電，她沒接。但莫妮卡相當堅持，一直沒掛斷。

「我在店裡！」

「爲什麼在店裡？妳爸爸說妳要去波柯維茲家！」

諾雅用肩膀將手機夾在耳邊，動手扣好彈性繩，固定各個花瓶。「我還沒跟波柯維茲家聯絡，我們有個婚禮要忙。」

「什麼婚禮？誰在這種時候結婚？」

「送貨囉！我得上路了。」

「我整個早上都在看網路新聞，他們說火勢——」

諾雅啪地關上貨車後座的車門，繞到乘客座，尼克正在發動引擎。

「我晚點再打電話給妳，」她打斷她媽媽的話，口氣相當堅定。

「這可不是鬧著玩，諾雅，這種時候妳不該開車在市區跑來跑去，這樣不安全。」

「沒事、沒事。這裡的街道沒有封鎖，大火離得很遠。我稍後再打電話給妳。幫我跟外婆問好。」

「她不記得妳。昨天她以爲我是她的媽媽。」

諾雅一陣心痛。她想說他們這個家已經瀕臨瓦解，但她沒說，反而堅定地說聲再見，把手機放回口袋裡。她悄悄脫下涼鞋，雙腳跨上儀表板，窗外的棕櫚樹在風中劇烈搖擺。她心中暗想，外婆若是神智夠清楚、搞得懂她爸媽離婚了，肯定震驚憤怒。她會做出種種激烈的反應，但全都稱不上是接受。說不定她媽媽是等到她外婆遁入癡呆才離婚，以免母女兩人多受罪。但話又說回來，說不定因爲她外婆日益病弱、行將就木，致使她媽媽領悟到時間有限、必須及早追尋自己依然奢求的事物。或者這整件事情都是她爸爸的點子？她爸媽表現出立場一致的態勢，讓女兒們無從得知哪一方教唆離異。沒有人受到傷害；雙方各得所求。他們意見一致，咸認兩人再也無需同意如何一同度過下半生。

新聞持續報導火勢的進展：數以噸計的水和阻燃劑從空中釋出，消防人員努力將火勢控制在緩衝區，救火小隊列隊劈砍任何可燃的草木，各個實況一說再說，反覆循環。小貨車駛離濱海公路，煙味馬上從空調系統滲入車內。尼克關掉收音機。這是他在花店工作的最後一個月；他七月底將搬到北加州。他跟諾雅提及他在他朋友的土地上蓋了蒙古包式住屋，入住這種沒有方角的圓形住屋，將是一種不同的體驗。他用沒有握著方向盤的那隻手滑手機，秀出一張照片，照片中是一片遼闊的土地，碧綠的山嶽矗立在遠方。他說他正在研習生物動力農法。土地將歸大家共有，一致遵奉永續性和社群性。夏季時分，他們在尤巴河裸泳。他秀給她看一張河流的照片，暴風雨之後的尤巴河豪情萬千，水勢奔騰，泥濘黃褐。現今河水自高聳的內華達山脈流下，應該已經碧綠清澈，甚至看得到河底的花崗岩。

尼克說不定不相信婚姻。他們緩緩駛向新娘在山丘上的家宅時，諾雅做出這個判定。他說不定甚至不相信一夫一妻制，將之視爲一項過氣的傳統，就像是住屋的方角。她爸媽是否也不再相信一夫一妻制？她自己呢？她相信什麼？她想到蓋柏，渴慕他的軀體，心中一陣刺痛。他身上的味道：當她悄悄把手滑進他的鬆緊帶內褲，他倒吸一口氣、腹部凹了下去；他達到高潮的神情——她一一想起，想得心痛。到了這時，肯定已有其他女孩瞧見那副既是暢快、卻也痛苦的神情。說不定是泳池畔的某個女孩：女孩的頭髮光澤滑順，穿著比基尼泳裝，胸乳有如完美的柑橘，絕不遲疑跟擔任救生員的他上床。諾雅想像蓋柏的嘴貼上女孩的嘴，心中的渴慕擴張為嫉妒與心酸。她察覺自己的臉紅了，於是轉頭凝視窗外。

◌

在新娘家中，維護泳池的工人拿著長長的網子撇取漂浮在水面的藍花楹，草坪上架起一座白色的帳篷，帳篷覆上薄紗，為賓客們擋風遮陽，篷內傳來鐵槌敲敲打打的聲響。婚禮顧問過來跟他們碰面，帶著他們走過兩側植滿薰衣草的小徑。諾雅摘下花朵，放在手指間碾碎，花朵散發出的氣味讓她想起以色列和集體農場的屋舍，屋舍的外牆是灰泥所砌，古董曳引機的部件被用來當作花盆，盆中種滿形形色色、大小不等的多肉植物，妝點著屋舍的花園。帳篷之中，二十四張圓桌鋪上白色桌巾，工人們忙著架設講台，新郎新娘的主桌將置放在講台上。

他們把花卉從小貨車裡抬進帳篷時，新娘的媽媽從屋裡走出來，朝著婚禮顧問大喊大叫，婚禮顧問沒聽見，因為她正忙著講電話發號施令。新娘的媽媽穿著高跟鞋，鞋跟喀噠喀噠踏過舞池的原木地板，聽來焦急。她停下來查看諾雅剛剛放下的花卉，伸手摸摸花瓣，原本就已不悅的神情更形凝重。口紅沾汙了她的門牙。桌花太小，她說。他們指定紫丁香。她女兒肯定不爽。

諾雅低頭俯視，再度氣得頸背冒汗。這些人以為他們是誰？他們怎敢為了花卉扯著嗓門嘶喊？數英里之外，人們失去家園，搏命與無情的大火奮戰，這些人卻照常舉行慶典？她覺得自己如果這就回話，說不定控制不了自己說些什麼，所以她呼叫尼克，鬱鬱退回小貨車旁。

在清涼的車廂中，她閉起眼睛，深深吸口氣。最近這幾個月，她的始終非常易怒，總是瀕臨爆發。他們分手之前，她動不動就跟蓋柏吵架，為了雞毛蒜皮的小事反應過度。她叫他不要煩她，但當他走開，她卻氣他丟下她。有時她像個小孩似地窩在他的懷裡，但當他說出某些無心之言觸怒了她，她就氣呼呼地抽身，板著一張臉，覺得受到傷害，即使想要再度挨近，她也辦不到。她還沒同意跟他上床。他不是處男，而她是處女，這樣的失衡始終令她心煩。她倒不是對於她的第一次心懷浪漫，而是她太清楚那一刻對他們兩人的意義大不相同，不單只是當下，而是始終如此。他會永遠記得那個他獻上童貞的女孩，諾雅卻可能老早被他遺忘，但諾雅將會承諾永遠記得他。「打定主意吧！」他們分手之前、他對她大喊，當時她又忽冷忽熱，轉身背對他。但除了決定要不要跟他上床，還有什麼事情是操之於她？他八月就要離家上大學。他會碰到一個比她隨和、比她自在、比她漂亮的女孩。她這麼跟他說，當他表示抗議，她心平氣和、實事求是地堅持己見，好像她無可辯駁。

她一直就是這樣嗎？她以她的獨立爲傲。莫妮卡和李奧納德聲稱她從出生就是這樣。他們經常提及一樁古早的往事，據說她上托兒所的第一天就頭也不回地走了進去，而她當時才兩歲。她爬上搖搖小木馬，其他任何一個孩童想要騎木馬，她就尖叫。她跨坐在木馬上，倔強專橫，祭出宏亮的聲量讓其他孩童卻步。爸媽們始終講述這樣古早的往事，以此爲證，讓孩子們知道自己的個性，這點諾雅倒是從未質疑。但她爲什麼沒有猶豫退縮、緊緊抱住她媽媽？難不成早在這事被拿來述說、被她引以爲傲之前，她已察覺自己必須獨立？難不成傲氣僅是爲了掩飾內心的脆弱、所謂的獨立也僅是託辭、直到她終於有了韌力、事事不再求人？但是韌力若是源自心中的欠缺，基礎永遠無法穩固，無異植基於地洞上方。如果莫妮卡是一個她可以倚靠的母親，難不成她不會緊緊抱住、而非轉向搖搖小木馬尋求慰藉？

尼克回到車裡，他說花店店主已經運載花材上路，準備過來重作花束。他們把小貨車的冷氣開到最大，坐在車裡等候。諾雅的手機再度嗡嗡響，她爸爸來電，她沒接，讓電話直接轉接語音信箱。她想像他置身挖掘現場，站立在暮光中的文化遺址。他足下的土地是經年累月的人工堆疊，層層都是生死的遺跡，自西元前七千年至聖經時代，持續不斷，綿延不絕。聖經考古學的極致珍寶！他時時如是說，絕對不容許任何人忘記。每年夏初，他始終告訴參與挖掘工作的學生們，以色列境內沒有任何一處比這一帶埋藏著更多青銅器、或是鐵器時代的遺物。當他朝南望過耶斯列谷地，他的目光經常停駐在遠方碧綠的薩瑪利亞峽谷，眼神之中閃過一絲焦躁：多少遠古的祕密埋藏在峽谷中，而他有生之年卻碰也碰不得，怎不令他心焦？李奧納德在遺址高處留言給她。她不聽也知道他說了什麼。但她不會去波柯維茲家。

尼克拿出捲菸紙和一罐大麻葉。他捏起一小搓，用手指碾碎，把芳香的葉屑散置在對折的捲菸紙中。她通常不喜歡哈大麻，但這會兒她太無聊，也太氣怒，哈幾口也無妨。辛辣的煙霧燒灼她的喉嚨，但她胸口很快就放鬆，腦袋也輕飄飄。

當她非得上洗手間，她跳下小貨車，走向屋裡。巨大的大門敞開，外燴公司的服務生忙進忙出，她攔下一位扛著一箱薄酒萊的服務生，詢問洗手間在哪裡。「你去廚房問問看，」他說，然後朝著屋裡一指。

屋裡陰暗涼爽。透過圖書室的鑲嵌玻璃窗，青綠的花園看來霧濛濛。她沿著橡木鑲板的長廊慢慢前進，事事物物的間距似乎都大於尋常。她試了試她碰到的第一扇門，發現那是一個堆滿高爾夫球具的壁櫥。她不一會兒就走到廚房，廚房裡熙熙攘攘，三個戴著白帽、穿著格紋長褲的廚師朝著其他工作人員發號施令。他們正在準備兩百五十位賓客的吃食，甚至懶得看她一眼。諾雅沿著長廊繼續前進，直到眼前出現鋪了地毯的寬長樓梯。這會兒她眞的非得上洗手間，再加上大麻壯膽，於是她爬上樓梯。

一張矮矮胖胖、鑄鐵桌腳的玄關桌鎮守樓梯平台，大理石的桌面擺著一張張照片，秀出一個女孩十歲、十二歲、十六歲之時的模樣。稍遠之處有一扇門，諾雅往裡一瞧，瞥見一個閃亮的黃銅水龍頭。她衝了進去，把門鎖上，如釋重負地坐到馬桶上，踢掉腳上的涼鞋。她在馬桶上坐了一會兒，享受片刻安寧。隔牆傳來笑聲，但也可能是哭聲。若是果真結婚，她寧可私奔、或是找個破破爛爛的小酒吧舉行婚禮，那種地方不會讓人心懷企盼，不像眼前這樣的婚禮，似乎只是自找麻煩。

有人輕輕搖動門把。諾雅站起來，扭開水龍頭。「請等等，」她大喊，趕緊在柔軟的毛巾上擦擦手，把門打開。原來是照片裡的那個女孩。她穿著皺巴巴的婚紗站在門口，看起來比照片裡成熟，但依然年輕，臉蛋有點尖長，但不失嬌美。她看起來頂多二十二、二十三歲。

「喔，」她訝異地說。「妳是誰？」

「我是外燴公司的服務生，」她說了謊。

新娘猶豫了一秒鐘，但屋裡每個人都受她使喚，所以她想都不想就轉身，拉高今天早上才用熨斗燙過的層層薄紗。

「妳可以幫我拉拉鍊嗎？」

諾雅在她短褲上擦擦手，開始應付那個細小的拉鍊。當她試著往上拉，接縫之處的布料緊繃，看起來好像會撕裂，但拉鍊終於拉過新娘的闊背，平順地滑到頂端。

「我以前是游泳選手，」她轉頭面向諾雅說。她的眼睫毛濕濕的，好像剛從水底浮了出來，跟諾雅證明她所言屬實。但說不定她剛哭過；畢竟諾雅先前隔著牆聽到哭聲。

「來，我還有其他事情需要幫忙。」

諾雅不喜歡受到支使，但她抗拒不了好奇心。她跟著新娘走進臥室，臥室裡擺滿冠軍和亞軍的絲帶獎章，不單是游泳競賽，還有馬術的。馬匹的照片上了框掛在牆上，好像心愛的親友。桌子上方懸掛著一個個玻璃架，架上陳列著一系列凱蒂貓橡皮擦、鉛筆、削鉛筆機。諾雅也曾收藏凱蒂貓；她已將之全都拋在腦後，這時她看著一樣樣小東西，童年往事猛然襲上心頭。年幼之時，有時她會莽撞行事，這時她也一時衝動，伸手拿起個橡皮擦，趁著新娘朝著她轉頭之前悄悄塞進口袋。

「我穿著這種東西沒辦法走路，」新娘指著她的銀色高跟鞋說。

她的腳趾頭頂著鞋尖，的確挺笨拙的。諾雅心想，她的伴娘們、或是指引她走過最後這段路程的人們到哪裡去了？這段路程充滿風險，疑慮與困惑等著突襲，她依然來得及放棄，若是無人指引，她將何去何從？在猶太婚禮中，新娘就該被當作王后般看待，受到皇室般的禮遇，這個習俗雖然古老，但充滿人性的智慧，撫慰脆弱的心靈。心靈之所以脆弱，肉體之所以羞慚，原因在於正統猶太新娘從未跟男人交合，正如她的新郎也從未跟女人交合，婚禮之後，他們卻必須立刻翻轉這種狀況。所以囉，皇室般的禮遇或許意在分散注意力，以免新娘想到任何隱伏的驚恐。

新娘白皙的額頭皺了起來。

「如果穿上這雙鞋，我發誓我會摔得狗吃屎。」

目前這種狀況如此荒謬，新娘怎麼可能一點都看不出來？諾雅不禁略感惱怒。

她看到一雙被踢到床腳的舊帆布鞋，於是她指了指。

「那雙鞋呢？」

新娘放聲大笑。她雙眼銀閃閃，讓人覺得似乎有點瘋癲。她踢掉腳上的高跟鞋，拉高婚紗長長的裙擺，重拾往常的敏捷，跳到房間另一頭。她的軀體肌肉勻稱，訓練有素，倘徉泳池，縱橫馬場，只知得勝，永不落敗，給人身體確知自己能耐的印象，不像她的頭腦，似乎懵懵懂懂。她沒綁鞋帶，直接套上球鞋，蹦蹦跳跳地走到衣櫃鏡子前，但當她打量鏡中的自己，笑意從她的嘴角緩緩消失。

其後一陣沉默。然後新娘迎上諾雅在鏡中的目光。

「妳不是外燴公司的服務生，」她陰沉地說。

諾雅什麼都沒說。

「我從妳指甲縫裡的泥土看得出來。」

沒錯：她指甲的前緣確實烏黑。整個夏天都是如此，只有當她游泳之時，盆栽的壤土才被刷洗乾淨。

諾雅聳聳肩，不在意被逮到說謊。她打心眼裡認定自己站得住腳，正因如此，在她眼中，其他人經常站不住腳，她從她爸爸那裡承繼到這個特性，蓋柏經常點明，這是某種形式的優越感，但人人不都有一套無可非議、衷心信服的理由嗎？非也，蓋柏曾說：人們大多認爲自己可能錯了，最起碼不會把旁人的想法視爲瘋癲無稽。諾雅點頭稱是，即使這只是因爲她想要證明她願意接受旁人的想法。她的做法並不獨特；李奧納德若是被人說是固執，他那一整天就格外寬容，直到他忘了這回事，故態復萌。

「我不想讓妳因爲婚禮的花卉發火。妳媽媽說妳不會喜歡那些桌花。主花不是紫丁香，而且尺寸太小，必須重新製作。我們正在等店主送更多花過來。」

「我媽媽喔，」新娘低聲嘆息，好像有人剛讓她想起某些棘手的狀況。但她沒再多說，把注意力轉回當下該做的事，從床上拾起一大團蓬鬆的薄紗，小心翼翼地遞給諾雅。頭紗與龜殼插梳相連，新娘又轉身背對諾雅，好讓諾雅幫她戴上頭紗。她的頭髮經過精心梳理，上了髮膠，夾了髮夾，摸起來硬邦邦，諾雅必須用力把插梳的梳齒壓入髮間。當頭紗終於好端端地戴上，新娘再度轉身，神情莊重地微微低頭，等著那副蓋住她臉龐的頭紗被掀起。她似乎受到這個儀式的震懾，悄悄閉上了雙眼。蕾絲薄紗遮掩她的五官，她的面容變得柔和迷濛，諾雅心中也是一震，好像她果眞是最後一個看到新娘如此模樣的人，自此之後，種種必須承擔的重責大任，條條必須承納的奧祕智慧，不管即將發生何事，新娘的面容將永遠改觀，再也不是此時此刻的模樣。新娘慢慢轉身，看著鏡中的自己，諾雅也轉身，訝異地看著自己的倒影。鏡中的她高高瘦瘦，胸部平坦，指甲縫裡沾了泥巴，忽然看來像個男孩，好像她的女性嬌柔全被一身純白蕾紗的新娘偷走了。

但她們沒有時間繼續檢視自身的改變，因爲新娘的媽媽已在樓下大喊大叫，她的聲音尖銳刺耳，顯然因爲事事不近完美而焦躁，說不定更是因爲即將失去唯一的愛女而煩憂。她們的目光在鏡中相迎，在那一刻，諸多思緒流竄於兩人之間，諾雅卻無法完全領悟。她喃喃說聲祝福，匆匆走出臥室，躲進洗手間，直到新娘的媽媽走過，她才又舉步維艱地下樓，走向屋外的小貨車。

當他們開回花店，已經是下午三點，但還有很多事情尚待處理。熱戀、渴慕、哀傷、或者僅是歡慶周年，事事並未因爲大火而暫止，種種場合也都需要鮮花。店裡人手不足，所以諾雅的老闆席亞拉請她待到訂單處理好了之後再下班。將近八點了；收音機源源不斷地播報大火新聞。又有兩名消防人員喪身火窟，又有數百戶人家已被撤離。席亞拉的兒子幾年前因爲腦瘤過世，早已習於她的境遇與旁人的歡慶有所落差，這時她靜靜地跟諾雅一起在桌邊工作。諾雅用蕨草和艷麗的天堂鳥製作熱帶花束，今天的工作自此告一段落，她在超大的金屬水槽裡洗手，刷洗指甲時，她想到新娘，到了這時，新娘肯定已爲人妻。

她坐進自己的車裡，這才看到那個高等法院的信封擱在乘客座上，頓時想起她對拉比的承諾。她好累，心中的哀傷有如泉湧，只有回到熟悉的家中才得以紓解。她好想癱倒在沙發上看電視，但拉比明天就要前往波蘭，若是缺了必要的文件，事事都無法定案。他希望一切準備就緒；破碎離散的感情，撤銷廢止的承諾，難道光是把文件承交給猶太法庭建檔、諸如此類的紊亂就會奇蹟似地轉變、重現原先的井然？諾雅知道不可能，她的心中也將始終紊亂，雖然無意助長這樣的空想，但她也不願意出手阻攔，於是她輸入拉比先前在電話裡告訴她的地址，忽略稍早她爸媽打來的電話和傳來的訊息。她已經一再聲明她的決定，他們終究不得不接受。她的手機安靜了好一陣子，畢竟她爸媽所在之處已是深夜，大火距離他們也非常遙遠，他們肯定已經睡了。這時她盯著地址，那個地區她不熟，車程約二十分鐘，距離拉比執行離婚的猶太會所不遠——執行離婚，這樣說得通嗎？即使明知公路若是封鎖、交通狀況肯定比預期中糟糕，她說不定得花更多時間開車，她依然轉動方向盤，朝著衛星導航指示的方向駛去。

這一區的房子樸實無華，前院的草坪都沒種花，減低了鄰里的美感。暮光之中，極端正統的哈西德猶太教徒無視熱氣，男士們穿著黑色西裝，斜著身子走過大街，女士們穿著長裙和長袖衣衫，彎腰駝背，行色匆匆，拖拉著小孩往前走。這些正統猶太人啊——她的耳邊響起她爸爸的聲音——總是行色匆匆，急著最後再做件好事，但榮華尊貴、審斷猶太人行徑、裁奪猶太人命運的彌賽亞倒是神閒氣定。

拉比的家跟其他房子一樣不起眼，只是屋外多了一張鋁框的藤編椅，椅子被留置在樹下，座椅的籐條深深下陷，好像有人花了好多鐘點坐在那裡深思。但當諾雅把車停好、斜斜穿過草坪走向大門，她看到椅子周圍的雜草上扔滿了菸蒂，原來椅子代表著拉比的太太不容許在屋裡做的壞習慣。

諾雅一手夾著她爸媽的離婚文件，按了按電鈴。但當大門一開，眼前不是拉比的太太，而是那個一臉金色鬍渣的年輕助手。他一看到她就面露驚喜，她問他拉比在不在家，同時舉起手中的信封，藉此解釋來意。不，年輕的拉比說，拉比全家都去參加婚禮。「大家似乎都選在今天結婚，」諾雅說。年輕的拉比眉毛一揚，微微一笑。她抓緊信封，還不準備放棄。她要不要進來坐坐？他問。

諾雅心想，他究竟知不知道外面起了大火，因爲這裡幾乎聞不到煙味。一個水果盅擺放在廚房的桌上，盅裡的梨子和紫葡萄都已熟透，果皮失去了光澤。請坐，他說，指指一張椅子。他用水壺燒水泡茶，倒在玻璃杯裡端給她。她啜飲熱茶，暗自感激他這個單純而善意的舉動。他在廚房裡嫻熟地走動，她看在眼裡，頓時猜想他說不定不單是個助手，而是拉比的兒子。他在她對面坐下，喝茶之前，他的嘴唇動了動，無聲默禱。

「諾雅，是嗎？」他說。

她不記得離婚儀式那天她曾經自我介紹，但他肯定聽到她爸媽或是姊姊叫她。

荷包裡還有足夠的錢，她打算造訪復活島，看看那些用火山岩雕成的巨石像——自從小時候頭一次在照片裡看到它們怪異的臉孔，她就迷上那些巨石像。長久以來，沒有人知道操刀雕塑的原住民如何把石像從採石場運到海邊，石像自此立足在巨大的平台上，臉孔朝向內陸。當她爸爸跟她說研究人員終於解開謎團，她感到失望，根本不想知道，寧願讓巨石像保持一股神祕感。這就是她和她爸爸的不同之處：她爸爸窮盡畢生之力追根究柢。而她媽媽身爲比較文學的教授，也已耗盡心神、榨取隱匿於德文與希伯來文文本之中的涵義，諾雅卻擔心自己想不出任何一個吸引她、執著於神祕感也無妨的學科。

艾維興致盎然地聆聽，好像他正想像她隻身坐上巴士、顛顛簸簸駛過叢林、繞過崎嶇險峻的山間小徑、奔向自小憧憬的神祕國度。他也喜歡旅行，他在泰國待了兩年，主持當地的一個猶太會堂，最近才回到美國。他已親見更加遼闊的世間，或許因爲如此，所以諾雅在他的神情之中察覺出領悟與寬容。她想起先前的離婚儀式之時，她逮到他望著她，這時她又看到他的眼中閃過一絲好奇，跟他那套正經八百的深色西裝不太搭調。草坪椅周圍的菸蒂肯定是他的，而不是老拉比的。他八成在泰國養成這個習慣。諾雅心想，在他那個世界裡，好奇心可有立足之地？

「你呢？你爲什麼不跟其他人一起去參加婚禮、反而留了下來？」

「婚禮多的是；我媽媽有七個兄弟姊妹。我幾乎每個月都有表親結婚。」

她心想她應該遞交信封、告辭離去，但某種心緒讓她待下。艾維輕撫他喝光了的玻璃茶杯，手指細緻修長。她注意到他看著她光裸的大腿，他肯定從未在這個廚房裡瞥見如此裸露的肌膚，她想了想，忽然感覺自己握有某種優勢。

「你呢？你什麼時候結婚？」

窗外的天空漸漸變得漆黑。

「上帝若許可，明年吧。」

他們繼續閒聊。他問起李奧納德在以色列的研究，她跟他提及米吉多廢墟，廢墟藏納著二十五個文明古國的遺物，古國起落更迭，或毀於地震，或毀於大火，世世代代在前朝的廢墟上重新建國。過去二十五年來，她說，她爸爸始終忙於發掘這一層又一層遺物，將之依序拆解毀損，藉此發現那些曾經生之於斯、死之於斯的人們如何生活。怎麼發現？艾維興致盎然地問道，她跟他描述緩慢耗時、井然有序的挖掘工作、一籃籃每天拾集分類的碎片、用來測定留置在杯中的種子或是穀粒年歲的碳十四。述說之時，她在他眼中察覺到一股熟悉的悸動與震撼，她小時候也曾感受同樣的悸動，有時她以未來的視角觀看周遭，暗自猜想哪些東西將被留下，後人可以將之一一拼湊，重新還原已然消失的儀式與信念、已然逝去的希望與夢想，藉此解開那個她和周遭眾人爲什麼已不復存的謎團。

他等著她再說些什麼，但她已經沒什麼可講。最後她按住那個裝著離婚文件的信封，輕撫信封的邊緣，悄悄把它推過桌面。遙遠的一方，她爸媽繼續過他們的日子。艾維接下信封，暫且拿在他纖秀的手裡，隨之擱在拉比看得到的流理台上。諾雅站起，望似準備離開，但即使在那個時刻，她也打從心底知道她不會走。她站在原地，身子輕輕晃動。艾維看著她，滿臉驚嘆。最後她終於走向他、朝著他伸手，時間似乎凝滯，她的手指似乎過了好久才摸觸他臉頰金色的鬍渣。他閉上雙眼，雙唇微微顫動。她輕柔地印上一吻，好像想要穩住他的雙唇，但她反而聽從他雙唇的述說，沉醉於那種最古老的語言，感覺慾望在她的鼠蹊部竄升。他睜開雙眼，緩緩移開他的雙唇。她解開她襯衫的鈕扣，雖然不算什麼，但她依然覺得這是一份大禮。她拉著他顫抖的手指，貼上她的胸乳。他的大拇指繞著乳頭愛撫，她秉住氣息，不住顫抖。她解開短褲的鈕扣，任憑短褲滑落到地上，眼看著就要褪下內褲，這時，他朝著窗戶轉頭，神情畏懼，好像外頭說不定有人看得到窗內發生什麼事，好像大火逐漸逼近、愈燒愈旺、難以管控，有如所有吞噬舊制、爲新序鋪路的烈焰。他汗涔涔的手緊抓著她的手，帶著她穿過漆黑的客廳，走向他在屋裡後頭的小房間。在房裡那張狹窄的雙人床上，她對他獻上她願意的付出，從他那裡取得她需要的給予，當撕裂的疼痛貫穿她的全身，她狠狠咬住他的肩膀，遏制自己的哭喊，感恩之情，難以言喻。

瞧見厄沙迪

Seeing Ershadi

排練之後，我精疲力竭，要麼走到海邊透透氣，要麼回家看影片，稍晚再出去跟朋友們見面。以前我喜歡往海邊跑，但現在不行，因爲編舞家說他希望我們全身的肌膚跟我們臀部的肌膚一樣白皙。我跳舞跳出了肌腱炎，練舞之後必須冰敷足踝，所以我經常把腳抬高仰躺在沙發上，而且看了好多部電影。我看了尚・路易・坦帝尼昂①主演的每部電影，直到他老態龍鍾、似乎一腳踏進了棺材、看了令人非常沮喪，然後我改看路易・卡瑞②主演的電影，他還年輕，也夠俊俏，好像永遠不會老。有時我的朋友蘿咪不必上班，過來跟我一起看片子。等到我看膩了路易・卡瑞，冬天已經到來，既然不可能下海游泳，所以我兩星期都待在家裡看柏格曼的電影。隨著新年的到來，我決心放棄柏格曼和我每晚必哈的大麻。因爲片名吸引人，片子似乎也跟瑞典扯不上一點關係，所以我下載了伊朗導演阿巴斯・基阿魯斯塔米③的作品《櫻桃的滋味》。

電影以赫瑪永・厄沙迪④的臉孔揭開序幕。厄沙迪飾演巴迪先生，這位中年男子慢慢地開過德黑蘭的大小街道，端詳街上喧鬧的人群，試圖從一個個僱工之中尋找某人。搜尋未果之後，他繼續往前開，駛進市郊不毛的山坡。當他看到路邊站著一位男子，他放慢車速，問說要不要搭個便車；那人說不，當巴迪依然試圖說服他，他動了肝火，大喇喇地走開，而且惡狠狠地轉頭瞪視。巴迪繼續開了五、六分鐘——電影之中，五、六分鐘感覺如同天長地久——眼前出現一位年輕的士兵，士兵站在路邊想要搭便車，巴迪主動提議把他載到他的營房。車程之中，巴迪問起小夥子的從軍歷程、他在庫德斯坦的家庭，問題愈來愈直接、愈來愈私密，年輕的士兵愈來愈不自在，很快就在座位上不安地挪動。電影演了二十多分鐘之後，巴迪終於講出重點：他想找個人爲他下葬。他已經在寸草不生的山丘旁幫自己挖了墓穴，他打算今晚吞下藥丸，躺入墓穴，這會兒他只需找個人明早過去瞧瞧、確定他果眞翹了辮子、挖二十鏟泥土爲他下葬。

士兵打開車門，跳出車外，拔腿飛奔，逃入山嶺。巴迪先生之請等於是協同犯

---

① Jean-Louis Trintignant（1930-），法國備受敬重的資深男星，也是法國電影新浪潮時期的重要演員。
② Louis Garrel（1983-），法國當紅的演藝人員，身兼編劇、導演、演員三種身分，素有「法國男神」之稱。
③ Abbas Kiarostami（1940-2016），伊朗最負盛名的導演，代表作包括《櫻桃的滋味》（*Taste of Cherry*）。
④ Homayoun Ershadi（1947-），伊朗知名男演員。

罪，因爲自殺不見容於古蘭經。鏡頭隨著士兵移動，士兵的身影愈來愈小，直到完全沒入地平線，然後轉回厄沙迪無與倫比的臉孔，電影之中，他自始至終幾乎沒有流露出任何表情，但他的臉孔傳達出一股深沉，這樣的深沉絕不可能光靠演技，只可能發自內心，因爲只有他明瞭無路可走、瀕臨無助是什麼感受。電影裡隻字未提巴迪先生的一生，也從未提及他爲什麼決定自行了斷。我們從未親見他的惆悵與失落。他的深沉心事流露在他空蕩的臉孔，我們只能從那張面無表情的臉孔窺視他的內心，我們也只能藉由同一張臉孔探知赫瑪永・厄沙迪的心境，然而我們對這位演員的生平更是一無所知。我上網搜尋，得知厄沙迪是個建築師，他沒有演過戲，也沒有受過任何訓練，當阿巴斯・基阿魯斯塔米看到他坐在車子裡、堵在車陣中、呆呆地陷入沉思，阿巴斯敲敲他的車窗，他也自此踏入演藝界。只要看看厄沙迪的臉孔，你自然就會了解基阿魯斯塔米的選擇：周遭萬物似乎朝著厄沙迪聚攏，好像這個世界需要他、勝於他需要這個世界。

他的臉孔對我產生某種影響。或說這部劇情至爲感人、結局至爲震撼的電影，引發了我某些思緒——至於結局爲何，我可不願透露。但話又說回來，從某個觀點而言，這部電影其實只是他的臉孔；他的臉孔與那些寂寥的山丘。

在那不久之後，氣溫漸漸回升。當我打開窗戶，貓兒們的氣味飄進室內，陽光、海洋、柑橘的氣味也微微飄送。寬闊的街道植滿琴葉榕，沿街展現青綠的新葉。我想要汲取萬物茂生的氛圍，融入春回大地的景象，但我的軀體日漸衰敗，卻是不爭的事實。舞跳得愈勤，足踝的狀況愈糟，一星期就吃完一瓶止痛藥。當舞團又將巡迴演出，我不想上路，即使這次的目的地是我始終想要造訪的日本。我想待著休息，享受陽光，我想跟蘿咪躺在海灘上抽菸閒聊，但我終究收拾行李，隨同其他兩位舞者搭車前往機場。

我們在東京演出三場，接下來有兩天空檔，我們幾個人決定去一趟京都。日本仍是冬季，我們從東京搭乘火車出發，沿途駛經一棟棟小小的屋舍，屋頂皆爲厚重的磚瓦所砌，門窗也都看來狹小。我們找到一家日式旅舍住下，房間鋪了榻榻米，還有和式格子門，牆瓦的色澤與質感有若砂土。事事物物令我不解；我不斷犯錯。我把浴室專用的拖鞋穿出浴室，踢踢躂躂走過房間。我請問那位爲我們送上精緻餐點的女士，如果不注意把東西潑灑在榻榻米上，那該如何是好，她聽了縱聲大笑。如果她可能從座椅上摔下來，她肯定會的。但房裡根本沒有座椅。她反倒爲我送上一條熱騰騰的擦手巾，把擦手巾的包裝塞進和服寬大的衣袖，但儀態非常優雅，讓人忘了她正在收拾一個垃圾。

旅途的最後一個早晨，我晨間即起，帶著地圖出門，地圖上標示著我想要造訪的座座寺廟。萬物依然凋零，四下一片光禿，連梅樹都還沒開花，所以吸引不了一群群手執相機的遊客。我漸漸習於寺廟和花園裡幾乎只有我一個人，烏鴉嘶聲鳴叫，喧囂之中，周遭卻更形靜默，我也漸漸安於這樣的沉靜，因此，當我踏過南禪寺雄偉的入口、撞見一團嘰嘰喳喳的日本女人，不免感到訝異。她們說說笑笑，走在通往住持法師寓所的碎石小徑上，人人身穿典雅的眞絲和服，髮間插上華美的髮簪，腰間束著精緻的繫帶，手中挽著花色鮮艷的束口提袋，宛若來自另一個時代。唯獨腳上的拖鞋看來礙眼；京都每一座寺廟的入口都備有那種拖鞋，拖鞋暗褐，尺寸狹小，讓我想起彼得兔遺失在菜園裡的小鞋。我昨天試穿過一雙，我把腳塞進拖鞋，腳趾頭緊緊貼著鞋尖，亦步亦趨地走過光滑的木板地，我還試圖穿著拖鞋爬樓梯，結果差點跌斷了頸骨，在那之後，我宣告放棄，寧願穿著襪子走過冰冷的木板地。未著靴鞋，根本暖不了身，我穿著毛衣和外套，依然冷得發抖，那團日本女人只穿眞絲和服，怎麼不會凍僵？想來納悶。她們是否需要協助、穿上那身層層交疊、精美繁複的和服？想來亦是不解。

我不自覺地一步步走進那團日本女人之中，當她們忽然齊步前進、好像回應某種神祕訊號，我被她們推著走，隨同宛如川流的眞絲綢緞和踢踢躂躂的拖鞋聲響，沿著寬廣微暗的露天長廊前行。走了約莫二十步，整團人忽然停了下來，從中冒出一個纖瘦的女士，女士穿著一般外出的服飾，開始朝著其他人說話。我顛起腳尖，勉強看到那座擁有四百年歷史、日本最負盛名的禪意庭園。禪意庭園以耙過的砂礫、極簡的石塊、常綠灌木和樹木造景，用意不在讓人走入園中觀景，而是讓人站在園外冥思。前方稍遠之處就是這麼一座禪意庭園。我輕拍周遭眾人的肩膀，低聲央求讓路，試圖慢慢從人群中掙脫，但周遭眾人似乎只是把我圍得更緊。不管我輕拍誰的肩膀，對方通常一臉困惑地轉頭看我、往左往右移動幾步、爲我挪出一些空間，但馬上會有另一個穿著和服的女人擠過來，要麼出於直覺塡補空間、維繫整體平衡，要麼只是因爲想要靠近導遊。我感覺四面八方朝著我圍攏，我吸進令人暈眩的香水味，聆聽導遊喋喋不休、令人費解的解說，愈來愈感覺幽閉恐懼。我正想用力推擠、試圖掙脫，整團人忽然又開始移動，我緊貼著住持法師寓所的磚牆，勉強讓自己留在原地，迫使眾人繞過我走動。她們足蹬拖鞋，踢踢躂躂，齊步走過木板地。

就在這時，我看到他沿著鋪著碎石的步道走向另一頭。他看起來比較老，濃密的頭髮已成銀白，漆黑的眉毛甚至更形肅穆。還有一個地方也不太一樣。電影之中，他必須投射出穩固的形象，讓人感覺他是一個牢靠結實的男子，因此，當厄沙迪開車駛經德黑蘭市郊的山丘，基阿魯斯塔米把鏡頭聚焦在厄沙迪寬闊的肩膀和強健的身軀。即使當厄沙迪下車遙望不毛的山丘、鏡頭投注在遠方，他看起來依然是個雄偉壯碩、令人生畏的男子，這給了他某種權威感，再加上他眼中流露出的深沉心緒，讓我幾乎潸然淚下。但這時他繼續沿著鋪了碎石的步道前進，看來幾乎纖瘦。厄沙迪瘦了，但不僅只是如此：他的肩膀似乎縮了進去，不若昔日寬闊。既然我看到的是他的背面，我不禁懷疑他是否眞是厄沙迪。但正當失望之情有如水泥般灌注我的心頭，那人停步轉身，好像有人出聲呼喚他。他挺直站立，回頭看著禪意庭園，園中的石塊意欲象徵一隻隻老虎，老虎縱身撲躍，撲向一個永遠到達不了的處所。一抹柔柔的日光映照他面無表情的臉孔。他那瀕臨無助的心緒再度呈現。在那一刻，我的心中柔情萬千，盈滿令我不知所措的憐惜，我只能將之稱爲愛。

厄沙迪緩緩走過牆角，他穿著拖鞋，姿態依然優雅從容，跟我完全不同。我邁步跟隨他，但一位穿著和服的女子趨前擋住我的路。她朝著團友們揮揮手、打手勢，而她的團友們聚集在住持法師的寓所前，窺視其中一個幽暗的房間。我說我不會講日語，試圖從她身邊繞過去，但她一直擋住我的路，喋喋不休，絮絮而語，神情更加堅決地朝著她們那團人打手勢。她的團友們已經開始沿著長廊走向前庭的花園，她們齊步前進，曳步而行的腳步聲幾乎難以聽聞，好像數以千計的螞蟻成列前進。我跟她說我不是她們那團人，同時手腕交叉，比劃出一個小小的十字——我看過日本人這麼做，表示出了錯、不可能、甚至是不可以。我說我正要離開，然後指一指出口，神情跟她先前朝向團友們打手勢一樣堅決。

她抓住我的手肘，試圖強行把我拉向另一個方向。說不定我破壞了整體微妙的平衡，這樣的平衡取決於種種精微的細節，而身爲外來者的我，卻永遠也無法理解。說不定我只是犯下不可原諒的錯誤，試圖脫離團隊。我再度感覺自己的無知到了不可理喻的地步，日後想起日本之旅，心中總是浮現這種感覺。抱歉，我說，但我眞的得走了，我使勁一扯，從她的手中掙脫，朝向出口小跑步。但當我跑到轉角，卻沒看到厄沙迪。接待區空空蕩蕩，只有那團日本女人的鞋子排列置放在陳舊的木架上。我跑到寺外四處張望，但寺廟的空地上只有一大群烏鴉，我一跑過，鴉群就笨拙地飛向空中。

愛：我只能如此稱之，即使這樣的愛跟其他種種我曾經感受的愛全都不同。我所知的愛始終源自慾望，要麼渴望被愛改變，要麼期盼被一股不可抗拒的力量拖離正軌。但我對厄沙迪的愛不一樣；我只是愛他，除此之外，無所言說。若說是憐憫，不免讓人感覺那是種神聖的愛，但那不是神聖的愛，反倒是百分之百的塵俗。若非得說些什麼，不妨說是一隻小獸始終住在一個牠無法理解的世界，直到有一天，牠碰到了牠的同類，這才明白牠自始至終把理解力應用在錯誤的情境，不禁惺惺相惜，產生了愛。

聽來或許牽強附會，但在那一刻，我覺得我可以挽救厄沙迪。我繼續小跑步，穿過雄偉的木門，腳步聲迴盪在高聳的椽木之間。一股懼意悄悄滲入心中，我生怕他打算了結自己的性命，就像那個他在電影中幾乎不動聲色地扮演的角色，而我已經失去上天賜予的短暫良機，無法出手干預。當我走到街上，四下空無一人。我轉個方向，朝著沿河那條出名的步道飛奔，包包拍打著大腿，啪啪作響。如果我追上了他，我該說些什麼？我該不該問他何謂執著？他若轉身、目光終於停駐在我身上，我該如何回應？這些都是白問，因爲當我走過轉角，步道已是空蕩。只見一棵棵漆黑的枯樹。回到日式旅舍之後，我弓身坐在榻榻米上網搜尋，但我沒看到任何關於赫瑪永・厄沙迪的新聞，沒有消息顯示他人在日本，或是仍否健在。

飛返特拉維夫的班機上，我只是更加猜疑。飛機緩緩升過濃密的雲層，愈是遠離日本，我愈是覺得自己不可能果眞瞧見厄沙迪，直到一切顯得可笑，就像和服、和式便所、禮節、茶道，種種京都文化的優雅面相，遠遠觀之，愈覺荒唐。

回到特拉維夫的隔天晚上，我約了蘿咪在小酒館碰面。我跟她提起我在日本碰到什麼事，但我以戲謔的口吻說起，嘲弄自己居然相信果眞瞧見厄沙迪，甚至緊追著他。我述說這事之時，她那雙大眼睛睜得更大。蘿咪不愧是個女演員，她擺出最戲劇化的架式，一隻手擱在胸前，呼叫服務生過來添酒，她想都不想就碰碰服務生的肩膀，那副凝神屏氣的模樣，讓人臣服於她濃烈的情感，不由自主地受到她的吸引。她緊盯著我，從手提袋裡拿出香菸，點菸吸了一口，一手伸過桌面蓋住我的手，下巴微微一傾，緩緩吐出煙霧，自始至終從未移開目光。

我眞是不敢相信，她終於操著喑啞的嗓音悄悄說，我也碰過同樣的事。

我又笑了笑。蘿咪總會碰到一些瘋狂的事情；她這輩子始終隨同無止無盡的巧合與奧祕的訊號行進。她是個女演員，而不是女藝人，兩者的區隔在於她衷心堅信事事虛幻、一切形同遊戲，但她的信念絕對不假，而且信得眞、信得深，她對生命亦懷帶著浩大的情感。換言之，她活著可不是爲了說服任何人相信任何事情。她之所以碰到種種瘋狂的事情，原因在於她對它們敞開心胸，主動尋求，也因她始終勇於嘗試，而且不太在乎結果，只顧及這事引發什麼感受、自己有沒有辦法應付。在她的電影中，她始終只以眞面目示人，依據劇本的情境延伸她的自我，時而這般，時而那般。我們相識的這些年裡，我從沒看過她說謊。

得了吧，我說，這話當眞？但她從未如此當眞。即使笑笑述說，她依然隔著桌面緊抓著我的手，開始說起她自己那樁關於厄沙迪的故事。

五、六年前，她在倫敦看了《櫻桃的滋味》。她跟我一樣深受這部電影和厄沙迪的臉孔感動，甚至心生紛擾，但在最後一刻，她卸下紛擾，感受到了喜悅。沒錯，當她踏出戲院、迎向暮光、邁步走向她爸爸的公寓，她所感受的就是喜悅。她爸爸罹患癌症，來日不多，由她承擔照顧之責。她爸媽在她三歲時離婚，童年和青少年時期，她和她爸爸日漸疏離，甚至幾乎交惡。但服完兵役之後，她有段時期患了憂鬱症，她爸爸到醫院探望她，跟她一起坐在病床邊，他花愈多時間陪她，她對他愈感寬容，不再計較這些年她對他不滿的種種事端。從那之後，他們父女的感情一直很好。她時常過來倫敦探望他，有一陣子甚至在倫敦上演藝學校，跟他一起住在他那棟貝爾塞斯公園的公寓。幾年之後，他被診斷出罹患癌症，自此與癌症長期抗戰，起初情況樂觀，看起來似乎勝算在握，但到了某個時候，抗癌之戰顯然已無勝算。醫生們跟他說他只剩三個月的壽命。

蘿咪拋下特拉維夫的一切，搬回她爸爸的公寓，在他身體日漸衰竭的那幾個月，她待在他身邊，很少離開他。他已經決定不再接受化療，他不想爲了延長幾個月或是幾星期的壽命，承受更多有毒的化學藥劑。他希望自己死得有尊嚴，他說他想要安然離世，但沒有人能夠「安然」離開世間，因爲肉身面臨絕滅之際，始終難脫凶暴的掙扎。這些大大小小的掙扎塡滿他們的時日，但她爸爸始終保持詼諧。他們趁他還能走動之時一起散步，當他再也無法走動，他們就整天收看警探影集和自然紀錄片。螢幕一閃一閃，播放尚未結案的謀殺、諜對諜的情報戰、一隻蜣螂賣命地把一球糞便推上山丘，蘿咪瞧見她爸爸看得出神，忽然訝異地心想：儘管他自己的故事即將畫下句點，但她爸爸對於其他人的故事依然非常投入。他身子太虛弱，晚上無法自己下床上洗手間，但他依然努力嘗試，蘿咪經常聽到他摔倒在地上，她也經常過去將他抱起，因爲到了那時，他的重量已經跟個孩童一樣輕。

約莫就是那時——當她爸爸連走到浴室都無能爲力、非得被那位二十四小時當班的烏克蘭看護扛著走——在看護的堅持下，蘿咪披件外套出門看電影，在外面待幾小時。她對《櫻桃的滋味》一無所悉，但在往返醫院的路上，她在路旁的跑馬燈上看過片名，因而受到吸引。

她選了靠近後頭的位子坐下，戲院幾乎空蕩，只有五、六個觀眾，蘿咪說，戲院若是客滿，電影一開演，周遭眾人便似乎逐一消失，但這裡可不一樣，她清楚地感覺到其他觀眾的存在，而他們大多跟她一樣獨自觀影。片中經常出現沒有對白的片段，片段冗長，僅聽聞汽車的喇叭聲、推土機的轟隆聲、孩童們的嬉笑聲，在這些無言無語的時刻，攝影機的鏡頭拉長，聚焦於厄沙迪的臉孔，蘿咪察覺自己凝神盯視，其他人也目不轉睛。當她終於領悟巴迪先生打算自行了斷、想要找個人隔天早上幫他下葬，她不禁啜泣。不一會兒，一名女子起身走出戲院，蘿咪的心情因而略爲舒坦，因爲這下她和那些留下來的觀眾滋生出一股無需言說的契合。

我曾說我可不願透露結局，但現在我顯然非說不可；我不能不說，因爲蘿咪堅信，電影若是有個尋常的結局，我們日後絕不可能宣稱瞧見厄沙迪。換言之，假使巴迪先生吞下藥丸、穿上一件薄薄的夾克禦寒、默默躺入他先前挖好的墓穴，周遭漸趨黯淡，我們看著他那張冷然的臉孔仰視空中，雲影濛濛，皓月忽隱忽現，霎時之間，遠處雷聲霹靂，周遭已是如此漆黑，我們根本再也看不到他的臉孔，直到空中閃過一道閃電，銀幕再度亮起，而他依然躺在那裡、依然仰視空中、依然存在、依然等待，我們也在等待，結果卻又再度墜入漆黑，直到下一道閃電瞬間閃過，我們才在灼灼的白光中看到他的眼睛終於緩緩閉上，然後螢幕不再亮起，只留下雨滴的聲響，雨勢愈來愈大，雨聲愈來愈強，直到影像緩緩消失——如果電影就此畫下句點，而導演似乎正有此意，那麼啊，蘿咪說，她或許不會惦記這部片子。

但電影卻未就此結束，反倒傳來行軍的口號聲，節奏分明，有板有眼，然後螢幕再度緩緩亮起，當綿延的山丘出現在眼前，春天已經來臨，萬物綠意盎然，影片模糊不清，有點褪色，看起來像是家庭錄影帶。士兵列隊前進，走上螢幕左下角的蜿蜒小徑。這個新冒出來的影像已經夠讓人驚奇，但過了一秒鐘，工作小組的一位組員現身，手執攝影機朝著另一個忙著架設三腳架的男人走去，然後厄沙迪本人——那位我們剛剛才看著他躺在墓穴中沉沉入睡的厄沙迪——穿著輕便的夏裝悠閒地走到畫面之中。他從胸前的口袋裡掏出一支香菸，咬在嘴裡點燃，一語不發地遞給基阿魯斯塔米，基阿魯斯塔米不停跟攝影指導說話，逕自接下香菸，甚至看也沒看厄沙迪一眼，兩人彷彿是相識多年的老友，憑著直覺就曉得對方想做什麼。鏡頭跳切到音效師，他置身不遠之處的山丘上，拿著他那支超大的麥克風蹲在高高的草叢裡避風。

你聽得到我講話嗎？一個虛無飄渺的聲音說。

山丘下的教官略爲躊躇，不再喊叫。

聽得到，他說。怎樣？

你叫你們部隊待在樹旁休息，基阿魯斯塔米回答。電影殺青。幾秒鐘之後，路易・斯阿姆斯壯吹起小號，最後一句台詞隨著抑鬱哀傷的樂聲緩緩道出，螢幕上可見士兵們坐在樹旁談笑風生、採拾花朵，巴迪先生先前躺在那棵樹下，希冀安然長眠，如今樹上卻覆滿青綠的樹葉。

我們來這裡做音效，基阿魯斯塔米說。

而後再無話語，只有那哀戚宏亮、悠揚悅耳的小號聲。蘿咪一直坐到樂聲歇止、片尾名單播畢才離座，即使淚水流下臉頰，她卻滿心喜悅。

她爲她爸爸下葬，親手把泥土鏟入墓穴，當她叔叔使勁想要從她手裡拿走鏟子，她甚至忿忿地把他推開。又過了一陣子，她才又想起厄沙迪。自從她在暮光下滿心喜悅地走回家，她已遭逢太多生命中的大悲大喜，根本沒有時間再想那部電影。她留在倫敦處理她爸爸的遺物，當凡事都已底定、一切都已妥當、再也沒有事情需要處理，她繼續待在幾乎淨空的公寓裡，一待待了幾個月，

在那段日子，時光似乎一成不變地流逝，她無精打采，無所事事，對任何事情都提不起勁。只有在跟人上床之時，她才感覺些許活力，所以她與馬克重拾舊歡。馬克是她之前在演藝學校的男朋友，佔有慾極強，這也是他們當初分手的原因之一。分手之後，她又交了幾個男朋友，馬克因而更忌妒、更猜疑，佔有慾甚至更勝於以往，他一直逼問，想要知道她跟別的男人在一起是什麼感覺。但他們的性愛熾熱如火，讓她稱心快意，好一陣子以來，她天天只見她爸爸孱弱的身軀，有時感覺自己已無肉身，這時她眞槍實彈地操幹，格外爽快。

晚間時分、馬克下班回家之後，蘿咪經常過去他家，在漆黑的臥室裡，他拿

起遙控器點選色情片，直到他找到他想看的片子，然後他叫她臥躺，從她背後操幹她，他們盯著電視，超大的電視螢幕上，兩、三個男人操幹一個女人，各自把陽具插入她的陰戶、她的屁眼、她的嘴巴，人人氣喘吁吁，環繞音效傳出陣陣呻吟。快要達到高潮時，馬克經常用力拍打蘿咪的臀部，一邊猛幹猛操，一邊大罵她是個婊子，彷彿想要宣洩心中的痛楚，就是因爲那樣的痛楚，致使他堅信他愛上的女人絕對不會對他永保忠誠。有天晚上、這套性愛戲碼完事之後，馬克攬著她沉沉入睡，蘿咪直挺挺地躺著，雖然一如往常的疲累，但她就是睡不著。最後她悄悄從他懷裡脫身，趴在地上摸尋她的內褲。她不想待下，也不想離開，於是她又爬回馬克的床上，貼著床沿躺下，感覺遙控器壓在她的身下。她打開電視，胡亂轉台，她一一轉過母象與蜂群的自然紀錄片、膠著多年的懸案、深夜脫口秀，直到她再次按下按鍵，赫然瞧見厄沙迪。四下一片漆黑，唯有電視閃閃發光，他的臉孔幾乎塡滿超大的螢幕，一時之間，那張臉孔無比宏大，非同凡人，但他很快就消失無蹤，因爲她的大拇指依然無意識地按鍵、轉到其他頻道，當她察覺自己看到了什麼，她趕緊轉回先前的頻道，卻再也找不到他。沒有一個頻道在播放《櫻桃的滋味》、伊朗，或是

宅，懷了身孕。我攻讀碩士，墜入情網，兩年之後感情告吹。在此期間，蘿咪生了兩個寶寶，有時她寄給我那兩個小男孩的照片，兩人長得都像她，似乎一點都沒有遺傳到他們的爸爸。後來我們愈來愈不常聯絡，最後甚至好幾年毫無往來。我女兒出生不久之後，有天我走過十二街的電影院，感覺有人盯著我，我轉頭一看，望見厄沙迪從《櫻桃的滋味》的海報上凝視著我。我渾身顫慄。電影已經下片，但沒有人拿下海報。我拍了一張照片，當晚就傳給蘿咪，我還提醒她，曾有一時，我們計畫同遊德黑蘭，當時我剛拿到美國護照，尚未進出以色列，護照上沒有任何戳章，她也因爲她爸爸拿到了英國護照，我們想要在德黑蘭的咖啡館坐坐、在德黑蘭的街上走走，這些咖啡館和街道皆是電影場景，皆曾出現在我們喜歡的電影裡。我們還想體驗當地的生活，在裏海的沙灘上做日光浴。我們打算尋訪厄沙迪，在我們的想像之中，他會邀請我們到他親自設計的時尚公寓坐坐，聆聽我們訴說我們的故事，然後我們會啜飲紅茶、遠眺白雪覆頂的厄爾布爾士山、聆聽他訴說他的故事。在信中，我對她坦承當年她跟我提起她瞧見厄沙迪之時，我爲什麼黯然哭泣。我遲早必須承認自己被野心沖昏了頭、看不清自己，我早該坦然面對自己是多麼不快樂、對舞蹈懷抱著多大的疑慮。但厄沙迪讓我看出自己的不足，讓我想從他身上擷取些什麼，這樣的心境加速了我的領悟，我也因而看清了自己。

其後幾星期，蘿咪沒消沒息，然後我終於接到她的回覆。她為她遲來的回覆道歉。說來奇怪，她寫道，她已經好多年沒有想起厄沙迪，直到三個月前她決定再看一次《櫻桃的滋味》，厄沙迪才又浮現腦際。她最近剛跟阿米爾分居，搬進新的公寓，周遭氣味不太熟悉，街上不時傳來噪音，有些夜晚，她難以入眠，經常熬夜看電影。如今她對厄沙迪這個角色有些不同的解讀，令她訝異。記憶之中，厄沙迪消沉肅穆，幾乎有如聖徒，今日看來，他卻顯得急躁。他有求於人，對人們卻稱不上親善，而且擅於操控，試圖驅使人們遵循他的心願行事，他估量人們的弱點，為了說服人們，他什麼話都說得出口。他專注於自己的悲情，一心只想貫徹他的計畫，在她看來不免自私。除此之外，還有一點也讓她訝異。她問我記不記得電影開始放映之前，漆黑的螢幕上打出「以眞主之名」？在伊朗，每部電影開始放映之前都必須打出這句話。她說她不記得。她當年怎麼可能沒注意到？當她躺在黑暗之中、盯著螢幕上的厄沙迪，她當然想到我——當年的我們依然好年輕，話題也始終繞著男人打轉。我們浪費了好多時間，她寫道，誤以為値得珍視的一切來自難逢的奇蹟、奧妙的巧合、男人的憐愛、眞主的諭令，殊不知探究內心、發自內心的那股韌力才値得珍視。她跟我說，等到終於有空，她打算寫個電影腳本，片中的女主角跟我一樣是個舞者。然後她跟我說起她的兩個小男孩，他們似乎事事少不了她，就像她生命中的各個男人，事事始終有賴她打點。我有個女兒，她寫道，這樣眞好。然後她又提及厄沙迪，好像忘了我們已經改變話題，彷彿我們依然如同往昔面對面地坐著、漫無邊際地東聊西扯，她說最後一點讓她訝異的是，當厄沙迪躺入自己挖好的墓穴、眼睛終於緩緩閉上、螢幕漸漸暗黑，螢幕卻一點都不暗黑。若是細看，你會看見雨絲落下。

來日的急難

Future Emergencies

長久以來，他們說我們不需要防毒面具，而後情勢有所變化，他們說我們果眞需要這玩意。那是九一一事件之後，也就是國安局成立之後，當時美國的假想力已屆登峰造極，編纂出種種要脅、恐襲、陰謀論。我光腳站在廚房裡，聽著音量調得很大聲的收音機，就像我向來偏好的晨間作息。收音機喔！它讓新聞聽起來更有影響力，也爲世間新的一日添增戲劇性。雖已習於世間諸事，但我知道世事隨時可能改觀，因此當公告一宣布，我的直覺反應是屏住呼吸，以防那些雜七雜八的氣體已經排入空中。「什麼？」維克走進廚房，調低音量。我呼氣。「防毒面罩，」我說。

但窗外晨光清朗，除了無影無形、上天恩賜的氧氣之外，大氣之中似乎沒有其他物質。其他物質當然同樣無影無形，比方說少許鄰苯，說不定還有讀數甚低的水銀或戴奧辛。但我們都已習於與這些物質共處。傍晚之時，我有時看著人們在蓄水池的環池步道上慢跑，他們的胸肺急速起伏，盡其所能吸取大量空氣，看著看著，我忽然心想，他們說不定是比我們更進化的人類，他們能夠分解對一般人有毒的氣體，甚至將之轉化為能量。維克可不這麼想。他將之稱為「自我鞭笞之盛況」。他說他們正在耗損自己的膝蓋、碾磨自己的軟骨。他說他們將會一跛一跛、匍匐爬行地離開人世。但對我而言，他們靈活輕盈、身手矯健、沒有受到空汙的傷害，似乎是健康的化身。他們知道空氣中的種種浮塵讓日落更加璀璨。夕陽無限好，只是近黃昏：天空繽紛的顏彩，似乎反映著存活在那一時刻特有的寂寥。

「威脅不見得來自一般的汙染物或是風向的轉變，」收音機說。「說不定也不是來自空飄浮塵、工廠大火或是地底測試。」咖啡機噗噗作響，維克從架上取下兩個馬克杯。「威脅到底來自何處？」我大聲發問。收音機裡的那個聲音感覺跟我很親近，讓我安心提問。「威脅的來源或許不明，」收音機回答。即使這不是個好消息，但我依然慶幸自己得到答覆。

空氣品質暫時對健康尚無大礙，收音機說。大家依然可以外出，但別忘了到設置在各個鄰里的配發站領取面罩。維克原本就打算待在家裡改考卷，於是我主動提議在上班途中順便幫我們兩人領取面罩。

「如果可以挑選，我想要那種眼部有個窺視孔、口鼻部位突出來的面罩，妳知道的，戴起來像隻食蟻獸，」維克邊說、邊走到門口拿報紙。

「我想現在不是東挑西撿的時候。」

「沒錯，」維克說，但他已經在專心讀報。

時值十一月，戶外冷冽清朗，似乎快要下雪。鄉間的秋景美得不像話，這是鄉間生活令人懷念之處。城市裡的樹葉只是乾枯變黃，掉了滿地。有次我帶維克回去我長大的農場，天候不佳，一直下雨，我們踏著爛泥漫步，我試著爲他示範如何擠牛奶，但他受不了生乳熱騰騰的氣味。當我們終於離開農場，他說人們非得具有幽默感，才有辦法在這種地方長大。我沒跟他描述小狗們怎樣帶著濃濃的土香、蹦蹦跳跳地衝進屋裡。

我大四那年遇見維克。他是我中世紀史的教授。維克是法國人，所以他絲毫不覺得跟學生交往有何不妥。畢業之後，我搬過去跟他同居，在大都會博物館找到一份導覽的工作。即使如今除了他，我似乎不曉得怎麼跟其他人一起生活，有些時刻，我依然想像另一幅生活光景，而在那個光景之中，事事皆不相同，跟我一起生活的那人也不是維克，而是一個與他截然不同的人。

走樓梯下地鐵之時，我經過一個走樓梯出地鐵的男人，男人戴了防毒面罩，但不是維克說的那一種。他的面罩比較時尚奇巧，口鼻部位和臉頰兩側畫上圓圈，左側的圓圈比其他圓圈大了兩倍，看起來像顆甲狀腺腫。男人打了一條紅色的絲質領帶，身上那套西裝好像剛從乾洗店拿回來。他的模樣讓人不安。人們停下來瞪視。有些人可能沒聽到早上播報的新聞，聽了新聞的人們說不定猜想是否有些最新發展。市府先前也曾宣布民眾或許需要戴面罩，但這時相關單位頭一次果眞配發面罩，民眾顯然因而張皇失措。當我走到地鐵月台，周遭幾個民眾已經去了配發站，他們把面罩擱在紙箱中捧著，我心想，我是不是也該過去領取我們的面罩，但我已經快要遲到，而每天的第一場導覽始終是我的最愛。博物館中，天光柔柔地透過天窗映入，照亮了聖母像和聖徒們。

晨間第一場導覽只有五位訪客：一對來自德州的夫妻、一對來自慕尼黑的母女、一位名叫保羅的大提琴手。保羅有一雙漂亮的手。在他摸額頭時，我注意到那雙手。大家都有點緊張，所以我們先花了幾分鐘聊聊新聞，大家都壓低音量，在博物館裡說話就該如此。人數若是不多，我通常會請問大家想要參觀什麼，試著依循大家的興趣進行導覽。那位從德州來的先生戴了一只黃金尾戒，聲稱自己非常喜歡雷諾瓦。他把「Renoir」（雷諾瓦）發音成「*Rin-Waa*」（琳－娃），他太太贊同地微微一笑。

保羅對館藏的攝影作品感興趣，於是我先帶著大家參觀沃克・埃文斯①的展室。埃文斯的照片形式嚴謹，帶著簡寥的美感，始終令我震懾。照片中的人們生活困頓，前景慘淡，但他像拍攝老招牌那樣，以精確的疏離感拍下他們。他寧捨溫情與悲憫，側重客觀與明晰，這樣的拍攝手法令人心馳。展室的另一頭有兩張黛安・阿勃絲②的作品，我決定帶大家參觀，讓他們看一看另一個極端，因爲這位攝影師極度認同她鏡頭下的人物，甚至到了令人驚駭的地步。阿勃絲似乎感受到人物們的悲

---

① Walker Evans（1903-1975），美國攝影師，專擅紀實攝影，是二十世紀最重要的攝影家之一。

② Diane Arbus（1923-1971），美國最負盛名的女性攝影師，鏡頭下的人物至爲寫實，甚至怪誕，一九七一年自殺身亡，是美國攝影界的傳奇人物。

傷，我解釋，非但如此，雙胞胎、三胞胎、格格不入的孩童、古怪可笑的夫妻、應召女、變裝男等怪咖似乎面帶憂困地端詳她，好像他們看出某些比自己更灰暗、更擾人的心緒。有些時候，若是運氣好，你就會像是這樣滔滔不絕地講述，說出一番你甚至不知道自己說得出來的話語。

我讓大家花點時間，靜靜搜尋那個緊抓著玩具手榴彈的孩童和那個坐在輪椅上、拿著女巫面具遮臉的老太太，我有點擔心那個德州男子會如何反應，但我應該姑且相信他的鑑賞力，因爲他竟然展現高度興趣，直接走向照片，趨前細細檢視，看得非常專心，甚至整張臉都皺了起來。保羅已經慢慢晃回埃文斯的作品區。他的雙手讓我想到種種微妙而棘手的任務。我不知道爲什麼，但它們讓我想到一個隨著飛機墜入河中的男子，男子浮沉於冰冷徹骨的河水中，口袋擺著一張他心愛女子的照片和一對上了護貝的蝶翼。

與維克相戀之前，我始終跟同齡的男人交往。現在回想起來，我幾乎記不得他們是什麼模樣、肌膚是多麼結實，我幾乎也已淡忘當我褪下衣衫時，他們的神情多麼癡迷，甚至可說是感恩，我更記不得那個他們深愛的我——那時的我不單只是維克的縮影，世界之於我也依然遼闊，現在的我卻記不得那種感覺。與維克相遇之時，我幾乎還是個孩子。他給我一種強壯而卓越的感覺，像他這樣的男人似乎已經成形定著、再也不會變來變去，讓我可以安心自在地倚靠。

午餐時，另一位導覽人員艾倫走進職員辦公室。艾倫削瘦，脖子修長，她已經領取她的面罩，這會兒戴起來開開玩笑。她直接走到我面前，好像那個德州人趨近阿勃絲的照片似地靠向我，高高在上地透過眼孔窺視我。我笑鬧地尖叫，但說眞的，她看起來像是一隻巨大的螳螂，令人毛骨悚然。艾倫放聲大笑，但笑聲被橡膠面罩捂住，聽來含糊。然後她把面罩向後推到頭上，吃完她的鮪魚三明治，面罩的眼孔朝上，盲視著天花板。艾倫和我有時聊到我們的感情生活。她的男友攀岩、叫她「小羅」、因為賣黃牛票被警察抓了，她說我很幸運、交了一個品味高尙、終生追求理念的男友。

維克的幽默感也頗不尋常。他研究中世紀，由此已可看出他的品味，再加上他博士論文的題材是十三世紀勃根地的刑罰體系，更可看出像他這麼一個人會覺得哪些事情有趣。我們剛開始約會時，我覺得他的黑色幽默感很迷人。這種帶點陰鬱的詼諧讓我注意到我們的年齡差距，讓我得以自由自在地扮演天真無邪、尚未受到世事汙染的小女友。維克快滿四十五歲。當他沒刮鬍子，冒出的鬍渣有些已呈銀白。有時我躺在他的身旁、臉頰貼著他的臉頰，我的心中依然盈滿感恩，對他的愛意也攀升到最高點。在那些時刻，我感覺維克佇立於我和某些隱隱的禍患之間、他是我的屏障、讓我不會受到傷害，我像隻貓咪般蜷縮在他懷裡，當他問我爲什麼如此濃情蜜意，我只是微微一笑，用眼皮磨蹭他那令我感到愉快的粗糙下巴。

我在博物館的最後一場導覽四點四十五分結束，我拿起大衣，走向戶外。上星期時鐘就已往前撥回了一小時，我依然不習慣這麼早就天黑。時鐘往前撥回了的頭一天，黑夜毫無示警地降臨，始終讓我微微心痛。忽然之間，你意識到時間是如此果斷、如此無情，你以爲你已經習於時間的範疇，也已習於安居其中，但你一時站不住腳，不免稍感心驚。我慢慢踏上歸程。我想像保羅在某個空蕩的演奏廳裡排演。公園比平常冷清，但跑者依然出外慢跑，蓄水池畔的樹木已經凋零，他們跑過光禿禿的樹下，慢跑鞋和運動衣的反光條在路燈的映照下一閃一閃。

我們這一區的配發站在一個小學裡，小學位於一條安靜的街道上，街道兩側是一棟棟相連的住宅，家家戶戶的窗上貼著火雞和清教徒的剪紙。我走到配發站時，人們熙熙攘攘，進進出出，三五成群聚集在台階上，交換任何所知的訊息。走進配發站時，我無意間聽了兩、三句，就此研判，人們所知有限。先前在博物館，我已聽說各式各樣的猜測——德州男認為核能發電廠發生爐心熔毀事故，艾倫堅稱一架從哥倫比亞啓航的農藥噴灑機宣告失蹤——但全都不太可信。沒有人解釋大家為什麼忽然需要面罩，大家也不知道市府為什麼備有足夠的面罩提供給每位市民，想了真是奇怪。但我認定必有緣由。維克說我疏於質疑。他說我毫無異議就接受現況。當年他在我交給他的一篇報告上批註：「妳的論點不清。過來找我。」他頭一次衝著我開口之時，說的就是這話。

配發站設置在其中一間教室裡。站內有張清單，上面列出每位居民的姓名，我走到姓氏的頭一個字母是J至P的那一排，輪到我的時候，我跟他們解釋我想順便幫維克．亞蘇領取面罩；我可不可以這就幫他拿一副、而不必到A至F的那一排重新排隊？工作人員用學童們的桌子隔離人群，隔離線另一頭的志工們因為行政程序起了小小的爭執，但當我秀出一張身分證，而身分證上的地址與維克的地址相符，問題就迎刃而解了。一個穿著天鵝絨運動服的女士遞給我兩個紙盒。走出配發站時，我停下來跟一個穿著芭蕾舞鞋跑跑跳跳的小女孩笑一笑，當我再抬頭一望，我注意到黑板上留了一張字條，字條上是師長優美的字跡，內容則是：「回家作業：你對未來的預測。星期一繳交。」我不禁大笑，但當我轉頭、瞧見那位穿著芭蕾舞鞋的小智者對我冷冷一視，我趕緊制止自己。

你若問問維克，他會跟你說中世紀比現今這個時代熱情多了。極端對峙與暴力衝突並存並立，激發出強勁勃然的生氣，而這股生氣是循規蹈矩給不起的。他會跟你把酒相談，滿腔熱情、伶牙俐齒地跟你解釋，現今這個時代的人們只在乎解決衝突。他們想要握手言和，處理事端；他們想要接納每一個觀點，前提是這些觀點必須經由適切的管道和程序提出。維克並不是想讓大家回到十三世紀、聲嘶力竭地在公共刑場喝采叫好。他自有一套精準算計的道德觀。但他拒絕接受一個規避衝突且迫使人人趨近平庸的體系，就好像硬要把一個胖女人推擠過鑰匙孔。沒錯，他就是這麼措辭——硬要把一個胖女人推擠過鑰匙孔。

當我回到家中，維克站在廚房裡，深陷於購物袋之中。他買了好多食物，比我們平常一個月吃的還多，現正設法在我們小小的廚房裡找出空間置放。當他看到我站在門口，他擱下一瓶他正在設法塞進罐頭濃湯之間的花生醬，跨過堆得滿地的塑膠購物袋，上前用力擁抱我。平時當我回到家中，維克只是暫且擱下某本關於吟唱詩人的書籍，神情如常地抬頭一望。他倒不是不高興見到我；他只是偏好在他方便的時候跟我打招呼。我時常覺得似乎有兩個維克：一個維克聰明絕頂，孜孜不倦地批判壓制衝突的社會體系，另一個維克在我覺得冷的時候幫我搓揉腳趾，兩者之間隔著強勁的力場，日復一日，維克必須越過力場回到我身邊，就像超級英雄必須變回普通人，跟普通人一樣過日子。

「嗨，」我貼著他的法蘭絨襯衫說。

「我剛才很擔心，」維克說。「我試著打電話到博物館找妳、叫妳早點回家。」

「爲什麼？剛才有什麼新聞嗎？你爲什麼不打我的手機？」

這支手機從九一一事件之後就跟著我；我爸爸堅持我非得有支手機，但只有他和我媽媽會打給我。維克至今仍然不相信人需要隨時被連絡上。

「沒什麼新聞。他們在教大家怎樣用膠帶把窗戶封好，但他們沒說爲什麼。我去了超市。」

我們四下環顧，看著廚房裡一袋袋黃杏、桃子、包在屠夫紙③裡的起司、吐司麵包、巧克力棒、冰淇淋、冷切肉、調味品、沾醬、果醬。

「啊，看得出來。」

「超市被清空了。我盡量搶，能買什麼就買什麼，」維克說。「我來幫妳做晚餐，」他邊說、邊輕輕咬嚙我的耳朵。

維克廚藝甚佳，我花了十分鐘換上運動褲、窩到電視前的沙發上，在此同時，爐子上已經燉煮著某道佳餚，公寓裡香氣四溢。我看著新聞頻道閃過一個個畫面，畫面裡超市貨架上已被搶購一空、配發站外面的街上大排長龍，然後鏡頭一轉，畫面上出現一個小女孩，小女孩一頭金色的捲髮，鼻子上黏著鼻涕，試圖戴上防毒面罩。我暫且不看電視，抬頭一望，在窗戶裡瞧見自己的倒影，窗面的我窩在毯子下，好像一個颶風來襲之前的孩童，忽然之間，我察覺心中盈滿快樂的期盼。外面的世界陰暗寒冷，但家裡各個房間泛出暈黃的燈光，我等著維克叫我過去吃晚餐，喜悅頓時漫過心頭；我想起兒時那些自創的遊戲，遊戲唯一的目標是求生，其他全都不重要，當時所尋求的就是這樣的喜悅。

維克肯定也有同樣感覺，因爲儘管新聞傳達出陰鬱與未知、物資似乎亦將匱乏，他烹調出的餐點可說是盛宴。我們像日本人似地坐在咖啡桌旁的靠墊上，後方的電視機調低了音量，維克以黃杏和覆盆莓烹煮了鴨肉，還有一道撒了石榴籽的沙拉。他關燈，點上蠟燭，開了一瓶他家鄉隆格多克④釀產的紅酒。我跟他描述配發站的景況。他放下刀叉，凝神地盯著我——當年我們還是師生之時，我坐在他的研究室、輕搔著我光裸的膝蓋，他就是以同樣的眼神凝視我。我話說到一半，他忽然傾身繞過桌角親吻我。他跟我舌吻，一隻手悄悄探進我的胸罩。我伸手按壓著他牛仔褲下的堅挺，他呻吟一聲，整個人壓到我身上。他鬆開皮帶，動手拉下我的底褲時我大吸一口氣，我感覺他緊貼著我的小腹、脊骨像是快要碎裂、肋骨被壓到幾乎貼地。

事後我們面紅耳赤地享用甜點，兩人都汗流浹背。我們已經好久沒有像這樣歡

③ butcher paper，一種紙質粗厚、不透氣的紙張，通常用來包裹生鮮肉品。
④ Languedoc，法國南部的葡萄酒區。

愛。儘管維克對中世紀興趣高昂，平日也不遺餘力地鼓吹摩擦與衝突，但連他都不得不承認我們的關係逐日趨近他所批判的平庸。我們已經同居五年，日復一日，夜復一夜，我們的生活起居取決於我在博物館的工作時數和維克在學校的任課課表，再加上維克長時間在他書房裡埋首研究，我們的生活已落入尋常的步調。

幾個蠟燭越燒越深，中間已融成液體。維克把剩下的酒倒進我們酒杯裡，即使已經覺得有點醉了，我依然兩、三口就喝乾杯中的酒。我們又調高電視機的音量，收聽新聞報導，但沒有什麼新消息，螢幕上只是一再出現同樣的畫面，不停播放人們試戴防毒面罩、好像試穿新鞋似地戴著面罩四處走動。我們尚未試戴，說不定我們都不想讓這個夜晚畫下句點，也不想上床睡覺——誰知道明天一覺醒來，我們將面對怎樣的未來？——於是我們決定玩拼字遊戲。維克對拼字遊戲非常著迷，而且熟知每一個三個字母的單字。更何況他的英文無懈可擊。我已經非常習慣他的口音，甚至忘了維克大半輩子都生活在一個不同的語境、以不同的字彙表達愉悅與痛苦，字字句句對我而言既是陌生，也是難解。有時我不經意撞見維克用法語對他自己驚呼，不禁想起他的另一段人生，頓時不知所措，不得不在我所知的兩個維克之外另加一個神祕的他。

維克去拿拼字遊戲的圖板之時，我收拾碗盤，把它們跟骯髒的鍋具堆在水槽裡，鍋具裡殘餘的菜餚已經凝固，我看了一眼，覺得有點噁心。走回客廳時，我看到那兩個裝了防毒面罩的紙盒，先前我把它們擱在門邊，這時我一手夾著一個，把它們拿到沙發上，維克排設拼字圖板時，我打開紙盒，從包裝紙裡拉出一個面罩，說明書隨即飄到地上。

「你看，」我舉起面罩說。面罩正是維克要求的那一款，面罩上有兩個又圓又大的眼孔，嘴巴的部位稍微突出，人人都拿到這種基本款。

「讓我看看。」維克把面罩拿在手裡仔細端詳。他把繫帶往後一抽，戴上面罩，然後轉過身來，透過塑膠眼孔沉著地瞪視我。他看起來醜怪邪惡，有如一隻我從沒見過的奇怪生物，但本質上依然是維克，我感覺心中升起一股怒意，臉頰漸漸脹紅。我想都沒想就湊上前朝著兩個眼孔吹氣，他的視線因而模糊。一時之間，我們兩人都動也不動。維克繼續靜靜地坐著，我看著他眼孔上的霧氣漸漸消散，露出他迷迷濛濛、黯淡無光的瞳孔。當視線終於完全清晰，他才眨了眨眼。

「把它脫掉，」我要求。維克毫無動靜，好像面罩已令他癡呆。「把它脫掉！」我的心撲通狂跳。我有股強烈的衝動想要踢他一腳，但我坐在地上，難以施展身手。我還來不及採取任何行動，他已緩緩脫掉面罩，擱在地上。

「橡膠的味道好臭，」他說。然後他不急不徐地挑選他的七個字母。我靜靜地凝視他的臉孔，被自己嚇了一跳。

維克首先拼出 *lemur*（狐猴），我接著拼出 *nut*（堅果），然後維克拼出 *geek*（怪胎），我拼出 *guns*（槍）。遊戲順利進行了好一會兒，小小的木製字母牌像是某種自我滋生的訊息般不斷擴展，起先如同亂碼，但你若透過適當的解碼器仔細閱讀、試圖看出其中的智慧和細微的美感，*geek* 之中冒出 *neck*（脖子）、*neck* 之中冒出 *lick*（舔），好像某股迷惘的慾望被困鎖在字句之間，而這些字句什麼都做不來，只能拼命地試著把慾望拼出來。說不定只是因爲喝了酒，但我玩著遊戲，心中開始暗想，如果我們夠努力，說不定可以琢磨出我們同居了的這些年歲、閱讀了的這些書頁、共享了的這些餐點、歷經了的這些無聲時刻之後，我們試圖跟彼此說些什麼。然後他拼出 *positron*（正電子），忽然之間，我意識到自己想要告訴維克，我正在考慮離開他。

維克贏了，通常都是他贏。當他把一個個字母牌倒回小小的抽繩包，我開始啜泣。維克起先沒注意，但他終於抬頭一望，臉上閃過驚訝的神情。

「只是拼字遊戲，」他戲謔地說。

我試圖微笑，搖了搖頭。我想要跟他說我在阿勃絲的照片裡看出了什麼；那個坐在輪椅上的老太太在快門喀擦一響的那一刻舉起女巫面具遮臉，說不定是爲了保衛自己、以免自己受到阿勃絲銳利的注視，說不定是爲了以牙還牙、讓阿勃絲看到她自己的影像，說不定是爲了打斷兩人持續的互視、讓這兩個素不相識的陌生人在彼此的目光中看到驚人的倒影。但我什麼都沒說。維克在我面前跪下，拭去我臉頰上的淚水。

「沒事、沒事。」

「我害怕，」我輕聲說。

「該發生的就會發生，」維克邊說、邊把我摟進懷裡，但他連這種時刻都實事求是，一秒鐘都不願打馬虎眼。「不管是天災或是人禍，災難始終在所難免，而且週期性地發生，藉此控制地球上的人口。」

我抬頭看他。我知道他以爲我害怕我們等著聽到的壞消息，我們呼吸的空氣或許會受到汙染，我們習於的生活或許會受到威脅，這些也都讓我害怕。或許他說的沒錯。但或許我只是累了、醉了、受夠了腦海中的爭辯——我應該繼續跟維克一起生活嗎？即使事隔多時，我依然回答不出來。半夜了。印抹著指紋的酒杯依然擱在桌上，杯裡殘留著最後幾滴維克家鄉釀製的紅酒；當年若不是他爸爸搬到巴黎習醫，維克說不定會在隆格多克長大，但他爸爸遷居巴黎，啓動了連鎖效應，結果維克在鄰近聖文森德保羅之處長大，年少之時對瘟疫和傳染病產生興趣，而後鍾情於中世紀、前來美國任教，最後遇上了我。一支蠟燭閃閃爍爍，燭火漸熄，維克從我身邊往後一退，吹熄其他蠟燭。他躺在地氈上，把我拉過來躺在他身邊，兩人相擁於電視機的藍光之中。

然後我們躺臥在拼字遊戲的字母牌和喝乾了的酒杯之間，沉沉墜入夢鄉。當我再度醒來，窗外的天空已經漸漸亮起。我的右手麻了，我用左手的手指碰一下右手，頓時毛骨悚然，好像碰到了死人的手。我從維克的懷裡抽身，甩了甩手，直到右手恢復知覺。我頭痛，嘴巴乾澀，所以起身到廚房喝杯水。當我走回客廳，電視機無聲閃爍，光影之中，我看到防毒面罩斜斜地擱在維克臉頰旁。我拾起面罩，翻過來看一看，然後悄悄戴上。面罩緊合，好像戴上了捕手面具，給人一種安全感。我仰躺，透過眼孔仰望，眨了眨眼。我心想：我們再過多久才能確知我們在防備什麼、一切是否已經太遲、是否只有那些穿著反光運動服、肺部功能特佳的跑者才可倖免於難？不管那是什麼物質，說不定它已經從窗縫和門縫滲透進來。但我昏昏沉沉，累得無法抵抗。我沒有轉頭探看，而是伸手摸尋，直到指尖碰到維克的臉頰。然後我閉上眼睛等待，慶幸四下依然灰濛。

隔天是星期六，我們一早醒來就聽到新聞說一切只是某種演習。維克坐在沙發邊緣，頭髮翹了起來，好像剛與暴風雨纏鬥到天亮。他雙手捧著馬克杯，啜飲杯中的咖啡，目不轉睛地盯著電視。我洗了澡，在他身旁坐下。市長召開記者會，跟民眾們解釋說市府想要確定紐約已經做好準備。他指示我們把面罩收放在安全乾燥、容易找得到的地方。他爲演習所引發的驚慌和不便致歉、跟志工們致謝、稱許市民們在演習之中表現得可圈可點。記者們爭先恐後地大聲提問，我走到廚房幫自己倒杯咖啡，當我轉開收音機，市長的回答迴盪在公寓中，好像與電視機裡的他一唱一和，感覺怪異。

先前晚間下了雪，這倒是不尋常，因爲那時還不到下雪的時候，維克和我決定一起出去散步。我們已經好久沒有這麼做，就像我們也已好久沒有晚餐吃到一半就在客廳的地上歡愛。天氣很冷，所以我們戴上帽子、圍上圍巾、禦寒保暖，維克戴上他那副紅色的羊毛連指手套——手套是我幫他打的，有時我會做些這樣的事情——我戴上我那副拇指破洞的手套，當我們停下來等紅綠燈，維克把我的拇指拉到他的嘴邊，好像吹號角似地朝著破洞吹氣。

我們在公園中踏雪而行。太陽已經露臉，陽光映照著萬物，四下只見白花花的反光。維克捏著一個雪球，扔向一棵枯樹，啪地一聲，漆黑的樹身濺起點點銀白。我一直滑移，因爲我的鞋底相當單薄，缺乏摩擦力，但維克始終拉著我的手臂，所以我不至於跌跤。幾個小孩帶著一隻小狗在雪地裡跑來跑去，維克看著他們，哈哈大笑。

幾星期之後的一日，我在家驗孕，發現自己懷孕了。我驗了兩次，因爲當小框裡第一次出現粉紅的細線，我不敢相信這是真的，即使我的經期始終非常準時。我瞞了維克好幾天。我出門上班，帶團導覽，心裡始終知曉自己孕育著一個小生命，這個小生命穩穩地、不懈地生長，直到有一天終於來到世間，跟我們述說那些我們自始至終搞不懂、得不到、想不透的種種。這個小東西啊，論點可真清晰，而且能夠預知未來。我懷藏著這個祕密，沒跟任何人提起。在那段沉默的時日，說不定我有機會做些處理。但我壓根兒沒想過處理掉這個小寶寶。懷孕的時日悠然漫長，在我肚子大到連公園都走不到之前，我經常駐足於圍欄之外，看著步道上的跑者，心懷一個難以言說的夢想：倘若我看得夠久，我的孩兒說不定生來就與他們同一族類，心肺功能無人能及，不管空氣之中哪些物質讓我們頭暈目眩、讓夕陽絢麗璀璨，他都得以免疫。

有次走到公園的途中，我與某個人擦身而過。那人戴了面罩，讓我無法辨識性別。或許這是個玩笑，或許那人不相信市長所言，或許他或她已經習慣戴面罩，甚至覺得這樣也不賴，如今不願揚棄面罩，也不願又跟先前一樣裸著一張臉四處走動，無所遮蔽地經受一切。

愛

Amour

我們年少之時就已相識，而後失聯數十年，直到我在難民營裡又見到她。有些臉孔承受種種改變，致使面目全非。但有些臉孔隱含著什麼，或許是某種不可改變、不可損毀的特徵，儘管物轉星移、遷徙流離、歷經種種苦難，特徵依然一如往昔。蘇菲的雙眼是深沉的暗灰，在某種天候中，有時幾乎泛著藍紫的顏彩。當我剛在沿著鍊環柵欄蛇行的隊伍裡看到她削瘦的身影，她披著一條藍色的毛毯，我想不起她的名字，甚至不記得在我紊亂無序的人生歷程中、她曾出現在哪個時段，但我認得那雙眼睛。然後我聽到她的聲音，往事赫然浮上心頭。我們的人生再度交集，而在那個短暫的期間，她跟我說了我已忘卻、甚至從來不知曉的諸事。

我們相識之時，蘇菲已經名花有主，儘管其後多年他們屢次情變、分分合合，我依然多多少少以爲會看到以斯拉從巷弄裡飛奔而出、身上裹著一件垂過膝蓋的破大衣、鬍子沒刮、神情狂熱、喃喃自語、手裡緊抓著他先前以物易物、或以花言巧語、或以其他獨門技法取得的麵包和罐頭。我始終喜歡蘇菲，總是忌妒以斯拉奪得她的芳心。我也忌妒他們似乎註定就是一對、天生非常速配，不像我們其他人不停墜入情網、緣盡情了、勾搭上床，而後發現自己只是沒想清楚。

他們在一九九〇年代即將告終之時相識，但在眞正告終之前就已非常熟絡，甚至計畫共度一九九九年的最後一天，他們將在雪地裡露營迎接新年，在此同時，世界每一部電腦都將出包，時序將會毀於一旦，我們其他人也都被推滾回石器時代。這兩個什麼都願意做、什麼都想要做的年輕人甚至準備在他們寒冷的帳篷裡緊緊相擁，或是在他們雪白的帳篷外仰躺著，各自做出一個雪天使，仰望空中閃亮的群星，而非璀璨的煙火。銀閃閃的群星散布在科羅拉多州的上空，說不定遠及懷俄明州。其實他們一個在長島北岸、一個在紐澤西南端長大，兩人隸屬同一個保守的猶太會堂，會堂的教友們咸認美國乃是歷史的巧合、美語乃是歷史的巧合、連自然界都是歷史的巧合；兩人都只吃猶太潔食，但不一定謹遵安息日的戒律；兩人也都根本不曉得如何生火搭帳篷，或是如何防水處理他們的物品，更別提在零下的低溫裡存活。但這些都無所謂，因爲他們迄今始終能幹得不像話，幾乎到了令人匪夷所思的地步；他們不但進了一流的大學、順當地闖蕩世間，而且樂在其中。在他們眼中，千禧年對大多人都是漫長嚴酷的考驗，唯獨他們可以坦然應對，只不過在千禧年尚未降臨之前，他們就已首度鬧著要分手。但他們之所以沒有在雪地裡露營，原因倒不是如此。他們琢磨不出細節，她那些依然作勢關心她的家人說她腦筋不清楚、警告她會因寒冷而失溫，機票貴得離譜，更別提那些必備的防水裝置，不，這些也都不是他們沒有成行的理由。他們依然堅信澄淨的群星，從不質疑閃爍的星光撫慰了他們的心，但他們終究沒有在雪地裡露營。

後來他們分手，原因我倒是不知，分手的傷痛令人難以承受，最起碼對蘇菲是如此。但我心想，以斯拉失去這麼一個女朋友，肯定也很難過。那時他們還沒有手機，網路依然是撥接式，而且大多時候不太方便，所以有一陣子，他們之間只有靜默，只能默默啜泣、暗暗猜想，什麼都不知，什麼也都無從得知，換言之，他們都得承受等待的煎熬。日出日落，時光未曾停歇，形影依然孤單，然而午夜時分，她喝得醉醺醺，感覺無所忌憚，於是她向那個始終對她叨叨絮絮的男人尋求慰藉，而且吻了他。那個男人就是我。

但在二〇〇〇千禧年的二月底，他們在「電影論壇①」外面的隊伍裡不期而遇，兩人輕聲細語地道了歉，簌簌淚下，哭了又哭，她的手悄悄伸進他的外套裡，輕撫他法蘭絨襯衫下光裸溫暖的肌膚，兩人很快就又復合，一如往昔般如膠似漆，因為還有誰跟她一樣生氣盎然、誠摯坦率、愛得驚天動地？還有誰跟他一樣殷切凝神、口若懸河、幽默得讓人不知如何是好？還有誰會跟他一起去看一部部帕索里尼和費里尼的電影？在那些失眠的黑夜，他人在下城，她人在上城，還有誰會在電話裡為她朗讀馬丁・布伯②的《哈西迪傳奇》、讓她把那無線的電話貼在耳旁直到發燙？說真的，在千禧年之始的紐約，依然有些人願意做出這些事，也正做著這些事，但對這對熱戀中的情人而言，實情卻是無關緊要，正如他們相識於一九九九年春日的一個午後，說不定也是純屬巧合，若是未曾相識，他們終究會與另一個人墜入情網，換言之，他們都可以被取代，也都可以被更換，但當他們濃情密意地躺在彼此的懷裡，機緣與否又有何干？從那時起，他們就牢不可分——他們自此成了一對，而他們這一對始終讓我們其他人舉杯慶賀、忌妒眼紅、心嚮往之。

他們強調兩人的不同，但兩人卻是如此契合；在他們看來，他們的戀情就是這麼美好，有如時鐘般規律而單純。有次他們赤裸裸地躺在他東村公寓的床墊上，她大聲評析他們是多麼速配，他靜靜聆聽，點頭稱是，然後做出以下闡釋：她外表看來是個乖乖牌，大家也都以爲她是一個循規蹈矩的好女孩，其實她叛逆踰矩、愛講髒話、內心有著陰沉的一面，他雖然給人一種陰沉不安、愛惹麻煩的印象，其實他和藹可親，人非常好。除了這點之外，他們在其他方面都相當近似：親族之中或多或少都有猶太大屠殺的倖存者，在以色列或多或少有些親戚，他們的母親都在歐洲出

① Film Forum，紐約市藝術電影的龍頭，專門放映第一線獨立製片的電影。

② Martin Buber（1878-1965），當代著名的猶太思想家，與齊克果、尼采並列存在主義思潮的鼻祖。

生，父親也都好不容易才在美國出生，直到雷根上任之前始終是共和黨員；他們也都從小聽命受教，無論如何都不准與非猶太人成婚，甚至連談戀愛都不行，換句話說，他們都是同一類家庭的產物，這類家庭心高氣傲、思想保守、魯莽急躁、焦慮不安、疼愛孩童、百分之百只跟自己的族群打交道。不同的是，蘇菲的母親戰後在倫敦北郊度過童年，受夠了正統猶太教的桎梏，所以把女兒送去上公立學校，以斯拉則被送到猶太學校，最終還被學校退學。

更重要的是，他們都想要成爲家人們從未見過的那號人物，而他們的家人可已見證了世間千百種人。那號人物把追求藝術視爲志業，而不是追求生計、錢財，或是可以度量的功業。

帕索里尼！當蘇菲跟我詳述這些細節，我複誦了這個名字。她躺在她簡陋的小床上，蓋著她骯髒破爛的藍色毛毯，看著雨水滴滴流入一個鏽跡斑斑、盛滿了水的鐵桶。我早已忘了這個名字，往昔看過的一部部電影，大多也已被我淡忘。但蘇菲全都記得。她可以描述整部電影的場景、燈光、拍攝角度，她甚至記得對話與台詞，當她鋪述這些電影，她那雙泛著紫藍顏彩的灰眼變得柔和，好像她又在觀影，影像則是投射在克難帳篷的防水油布、碎石搭建的牆壁、陰暗灰濛的天空。無論誰在附近，無論誰跟我們一起排隊領取可能配發，也可能不配發的乾糧、疫苗、果汁，人人也都靜下來傾聽。我知道我提不出任何證據，但我想說的是，她的話語好像變魔術似地把影像注入我們的心中，除了她的描述，其他一切皆已蕩然無存，她口中所述就是我們眼中所見，電影因而提升到另一個層次，甚可說是最純淨的境界。

○

二〇〇〇年代初期，我跟蘇菲經常碰面，這表示我也經常見到以斯拉，我們約了吃晚餐，一起參加朋友們，或是朋友們公司舉辦的派對。九一一事件兩年之後，我因爲工作搬到倫敦，跟蘇菲失去了聯絡。她和以斯拉依然在一起，我記得我聽說他們訂了婚、打算在她在長島的家裡舉行婚禮。到了那時，我覺得自己對她已經不再心存幻想。到了那時，一切顯得理所當然：他們注定是一對，兩人水乳交融、相輔相成；他們應當率先前進，邁入成年人的範疇，那個範疇似乎依然遙遠，但總有一天，我們也將一一邁入，擔負爲人父母之責。但時光流逝，我沒有收到喜帖，然後我們認識的其他人逕自結了婚，小寶寶一個接著一個出生，甚至連那些我們覺得不可能結婚的人都各自組了小家庭，然後有一年我回紐約過節，約了幾個依然保持聯絡的朋友敘舊，終於聽說蘇菲和以斯拉分手了。

等到過了幾十年、我在難民營碰到她之時，蘇菲的狀況已經相當不好。她營養不良，面黃肌瘦，身體孱弱，而且患了肺結核，所以只能在她的小床和交叉路口之間走動。營區臨時搭建的中心設立在交叉路口，大家也都到這裡排隊領取物資，我比較機動，經常四處走動，盡量搜尋可以用、可以吃，或是可以用來交換的物品，經營自己在官方和非官方組織的人脈，我的身體還行，有辦法讓自己保持忙碌，這樣一來，我的思緒只會遊走於哀傷的邊際，而不會被深深捲入。進出營區、在營區裡四處走動之時，我經常行經醫療站和禮堂，禮堂的門窗都已破損，但人們依然在裡面舉行婚禮：我還會碰見幫人理髮的男人、叫賣容器的小販，幫人修東西的雜活工，雜活工包著頭巾，在拱門的陰影下做事，他時常接下壞掉的瓦斯爐或是暖爐，朝著站在一側的物主輕輕點個頭，急躁的物主問他什麼時候可以回來拿東西，他也總是回答說「明天就行了」。有時營區的一些地帶淹水，水退了之後，地面積滿爛泥，難以通行。但我始終回到營區探視蘇菲，盡我所能帶些東西給她。我知道自己幫得上忙、有辦法讓她的日子好過一點，想來心情舒坦。當她再也走不動，或是根本不想動，我經常坐在她的身邊、拿塊破布沾點水、擱在她發燙的額頭上，或是只是握著她的手，有時當她狀況稍佳，她就睜著那雙泛著紫藍眼彩的灰眼，目光停駐在不遠之處，爲我們鋪述某部電影的片段。有次她描述整部《E.T. 外星人》，電影一開始，一艘外星人的太空船透過松葉的廓影閃著燈光，E.T. 那兩支細細長長、疙疙瘩瘩的褐黃手指伸向天際，扯下一根樹枝，好讓自己看得清楚一點，從那一刻起，你就知道E.T. 無法及時趕回太空船，蘇菲一一細述，一直說到片尾令人心碎的道別，當她說到最後一幕，那個瘦瘦小小、戴著鬆垮軟帽、雙手抱住膝蓋的小男孩開始啜泣，淚水流過他骯髒的小臉，留下兩道清澈的淚痕，直到他用皺巴巴的衣袖用力抹婦人無精打采、腳步蹣跚地走開之後，蘇菲說那件大衣讓她想起一事。

海風在塑膠布的下擺間嬉鬧。

她跟我說，事情發生在她跟以斯拉分手之前的六個月。那時是冬天，她跟一個朋友在紐約下城區閒逛，說不定想要參觀畫廊。他們走過街角，邁向西城公路，一陣寒風從哈德遜河襲來，她不禁發抖，而她那個長居國外、跟她不常見面的朋友話說到一半就停頓，問她要不要披上他的大衣。她說不，因爲不管覺得多冷，她當然不會讓他爲她脫下大衣。然後他們繼續閒聊，但幾乎是他在唱獨角戲。她落在後頭，凝滯在他的問題之中，詫異他居然問了出口；世間有人不經思索就問得出這樣的問題，好像他天生就爲別人著想，幾乎自動自發地問出這樣一個無比善意、無比誠摯的問題。他就是這樣一個人，父母就是這樣教導他，或是他就是這樣教導自己。他的關懷觸動她的心，因爲她近來愈來愈覺得那個跟她一起生活、她打算跟他共度餘生的男人欠缺同樣的心性。她想到他們在一起的這些年，以斯拉從來沒有問她要不要披上他的毛衣或夾克。而我幾乎總是覺得冷！她說。甚至當其他人都覺得暖烘烘，我還是冷得發抖。搞不好他沒注意到。

但不僅如此。就算她生病躺在床上，他說不定也從沒想過幫她端杯茶，即使對他而言，這只是舉手之勞。有次她幫他切貝果，刀子不慎滑動，深深劃傷她的大拇指。她趕緊沖冷水，傷口依然血流不止。他從流理台旁邊站起來，走到她身邊，她以爲他打算從背後摟抱她，但他反而拿起刀子，繼續切貝果，逕自把貝果放進烤麵包機。他倒不是不愛她，她說。她始終知道他愛她，前提是在他的能力範圍之內。他只是忙，忙到忘了其他事情；他天生就不知道如何照顧別人，這也表示他不知道如何傾聽、如何關注。這些她都曉得，但在她朋友知道她冷了、話說到一半就停頓、主動奉上大衣的那一刻，她心中一陣刺痛，赫然明瞭自己錯失了什麼。

她述說之時，海風不停在她的髮間飄揚，頭皮上一塊塊光禿之處被海風吹得露了出來。

這種事情她沒辦法跟任何人解釋，她跟我說。從許多方面而言，她知道她和以斯拉相逢相伴，實屬幸運，他們心意相通，尋得共同的生活節奏，靜靜地、穩穩地攜手前進。她若對任何人說起這種事情，大家肯定覺得她不知感恩。請想想，那些分手分得很痛苦、承受了不應當的對待、被人傷透了心，或是因爲找不到伴而落寞的朋友們，她若跟她們說起這種事情，聽起來豈非像是抱怨？

後來有一天，他們一起去看電影。那是一部法國片，她說，從某些層面而言，劇情可說非常簡單。主角是一對老夫妻，兩人都是退休的音樂老師，結婚多年，生活非常愜意。有天他們去參加音樂會，隔天早上，兩人披著睡袍在廚房裡吃早餐時，太太首度中風，從那時起，電影的視角就停駐在他們心中的各個角落，試圖探究其後的發展；一對一起生活多年的夫妻，其中一人忽然生了重病，有賴另一人琢磨出如何照顧她、如何盡量讓她少受苦、如何盡量讓她活得有尊嚴，他們密不可分的生活，自此將是什麼面貌？

蘇菲跟我說，她坐在漆黑的戲院裡，目光凝聚在那位年邁的先生。她盯著他的臉龐，觀看他的表情，他耐著性子照顧他太太，流露出無比溫柔、無比真誠的神態。他太太曾經叫他保證不再把她送回醫院，如今不管承擔多少壓力，他絕對不願違背承諾。他不是聖人。他會動怒，有次他太太拒絕吃喝，他覺得他太太的生死全靠他一個人，深感挫折，甚至甩了她一巴掌。但他從未放棄嘗試，時時刻刻關照著她。他依然是她心目中的他，她對他的意義也如同往昔，五十多年，始終如一。他或許想都不必想，純粹出於他的天性，但這不表示他並未承受壓力，或是耗盡心神。

接近片尾之時，蘇菲想起自己的爸媽。即使吵了一輩子，他們始終關照彼此。他們也將持續關照彼此，直到人生的最後一刻，這點絕對無庸置疑。從某個層面而言，蘇菲跟我說，她始終受惠於那樣的假設，不僅將她爸媽對彼此的關愛視為理所當然，更覺得世間一般人的感情也是如此。如今她卻意識到自己做出不同的選擇。年紀較輕之時，她看重其他事情，結果選了這麼一個男人，儘管他在她的心目中意義非凡，但如果她無法照顧自己，他絕對沒有能力擔負起照顧她的責任。

電影播畢之後，他們走出戲院，邁入戶外的日光，當時她就知道某件更重大的事情也畫下了句點。過了不久，她跟以斯拉說她要分手、她不能嫁給他。

這時蘇菲微微苦笑，目光飄過帶刺的鐵絲網，望向陰濛的大海。然後她聳聳瘦骨嶙峋的雙肩，朝天舉起空無一物的手掌，好像示意荒謬至極，至於何事如此荒謬，我卻無從而知。我們果眞可以理智地判定與誰墜入情網、與誰廝守終生？我們果眞可以假定自己得以正大光明、自自然然地撒手西歸？說不定她所謂的荒謬是，曾有一時，她居然相信生命果眞意義深遠、而不是只為了求生？說不定她只是覺得人生漫漫，一路走來，終點與起點幾乎毫無關聯，想來豈非荒謬？

她走到終點之時，我不在那裡。我或許站在某處排隊、或許尋覓著某種聯繫、或許正在找水、或許正在等待。

花園中

In the Garden

二十一年來，我受聘於拉丁美洲最負盛名的景觀建築師，擔任他的私人祕書。你一定聽過他的名字，就算沒聽過，你肯定也曾造訪他設計的公園，除非你特意迴避公共場所，若是如此，你說不定有幸參觀了他設計的私人花園，花園林林總總，坐落於市區或市郊、山丘或是谷地、內陸或是濱海。如果你是少數最幸運的人士之一，你說不定甚至造訪了他在「三風莊園」爲自己設計的花園，而根據學者和專家，這座花園是世界上最奇妙的園林之一，足以媲美艾爾·諾維耶羅花園①和康普頓植物園②。若是果

① El Novillero，亦稱「唐納花園」（Donnell Garden），位於北加州索諾瑪河谷，由知名景觀建築師湯瑪斯·徹奇（Thomas Church）設計，是現代園林的代表作。

② Compton Acres，英國知名的景觀花園，位於英格蘭西南部多塞特郡（Dorset）。

眞如此，我們說不定甚至見過面，因爲我任職「三風莊園」的那些年以私人祕書的身分接待賓客，無論戶外的熱氣多麼逼人，我總是冷靜自持地護送新來的賓客來到客廳，如果他將在莊園過夜，我就把他帶到客房。然後我不再叨擾他，讓他在舟車勞頓之後鎭定心思，換件衣服，或是在藤椅上休息。二十分鐘之後，我會敲敲客房的門，端著陳舊的黃銅托盤，送上一杯檸檬汁和一張邀請函，函中請他半小時之後在露台上會面，屆時拉丁美洲最負盛名的景觀建築師將親自帶團參觀花園，園中處處可見珍奇物種，這些物種極爲罕見，你得深入林間、行走多日才能夠親見，說不定連這樣都可能看不到。

有些樹木是他半世紀之前親植。我離世之後，他曾說，記得別移動任何東西。連床頭櫃的藥丸都別移動？我問。好吧，他曾說，但只限於藥丸。我是個實事求是、腳踏實地的人！他曾對我大吼，尤其是當他覺得我誤解了他。我用我這雙手建造了我的房子，所以如果我說我離世之後，我的眼鏡就得留在原先的地方，這個要求哪算過分！他之所以這麼說，原因在於他希望「三風莊園」會變成一座博物館，民眾到此參觀，跟他一樣愛上我們國家的花草樹木，如今他的心願卻遭到歲月踐踏，隨著他走入歷史。他一生之中遭逢眾多悔恨，許多夢想始終無疾而終，有些夢想則得經過多次妥協才可實現，他像一般人一樣承受種種悔恨，但最起碼在那些畝地之中，一切都盡可能按照他的設計存在，其餘就取決於大自然。

大自然啊，他曾說，可不祥和。大家都相信童話的描述，以爲大自然是微風輕輕吹拂、太陽升過山頭，其實並非如此。大自然不是微小的粉紅芽苞，或是紛鬧的青綠枝葉。（你可曾察覺在這個國家裡，人們眼中青綠其實是難以計數的黑葉？）大自然殘酷狡詐，老謀深算，我們單獨在一起之時，他曾跟我說，而我們經常單獨在一起。大自然深具侵略性，出奇地致命。弱者遭到殺害，而且是先被凌虐才被殺害，強者經由腐化之物得到滋養。所以你別聽他們說大自然多麼祥和、樹間的風聲和蟋蟀的叫聲多麼舒緩。蟋蟀孤孤單單，它們摩擦翅膀發出聲響，希冀同類能夠找到它們，要麼跟它們交配，要跟它們幹架。別讓他們跟你描述蟋蟀的叫聲，或是朗誦關於玫瑰的詩句。我不是說你不該摘下花朵、欣賞花朵，我只是說你摘花賞花皆是受命於花朵，這是它們的規劃，而不是你的點子。

他倒不是始終像這樣講話。與朋友們共享一頓美好的晚餐之後，他說不定會跟大家講述史前的銀杏懷藏著恐龍的遺事、鳳梨花以點點塵埃和滴滴水氣維生，還有西芳寺的苔蘚花園，園中的水池覆滿薄薄的藻類，雨水悄然落下，靜靜消沒。他說不定會從哲學的角度解析伊比鳩魯的花園，講述精彩動人的冒險故事，諸如他曾深入雨林探奇，或是年少之時的亞洲之旅，那趟旅途之中，他追隨松尾芭蕉③的足跡而行，一路遠至羽黑山。有時他一講就是好幾小時，端視他的情緒而定，而他的情緒可能像是一瓶潑灑而出的墨水，陰陰鬱鬱地漫向四方。最後那幾年，他的朋友已經所剩無多。但頭先那幾年，他的朋友來自世界各地，知名的作家、藝術家、形形色色的顯要人物，全都由他親自帶領參觀「三風莊園」，在金穗飾邊的訪客簿上簽名留念。

—

二十一年來，我擔任拉丁美洲最負盛名的景觀建築師的私人祕書。那些年是我們國家的黑暗時期，但戶外陽光普照，一如往昔，始終如是。緊閉的門後、地下室裡、倉庫之內、祕密基地之中，陽光不會普照，但戶外總是日光燦燦。花園需要太陽。花園是光線的配置，他曾說，人們必須思考太陽如何在花園中就位，比方說太陽如何升起、從哪個方向映照、如何漫過園圃；人們必須思考每一片葉子如何現身、如何隱沒。

我從園藝學院畢業的那一天，戶外跟平常一樣陽光普照，我騎著腳踏車到市區北邊的公園，那是一座新的公園，才剛剛破土興建，但已因媒體報導而聲名大噪。我不請自來，逕自在公園的辦公室露面。那時辦公室暫且坐落在一棟樓房裡，樓房後來變成咖啡館，訪客們可以點杯咖啡，到外面那株高大的梧桐樹下乘涼（那時梧桐樹尚未被平板貨車運送過來：大樹依然在鄉間某地隨風搖擺，渾然不知人們對它的盤算。）他坐在桌後，桌上擱著成疊紙張和草圖；這位甫近榮任公共花園總監、聲譽卓著的植物學家暨景觀建築師，肌膚曬成小麥色，髮絲因歲月而銀白。他幾乎看都不看我一眼。我想要申請工作，我大聲說。我們已經僱了我們需要的園丁，他說，

③ Matsuo Basho（1644-1694），本名松尾宗房，別號桃青、泊船堂、釣月庵、風羅坊等，日本江戶初期最著名的俳句詩人，有「俳聖」之稱，代表作為《奧之細道》。

然後繼續翻閱紙張。我不知道我被什麼邪魔附身——說不定當你面對你的機緣，勇氣於焉油然而生——但我說：你沒有一個像我這樣的園丁。這下他總算抬頭，臉上閃過一絲微笑，然後笑容緩緩消逝。他先端詳我的長褲、我指甲裡的泥巴，最後看看我的臉。我被他瞪得身子一僵。你是哪樣的園丁？他問。我想到幾個月前我在車庫裡發現一株枯萎的大葉蝴蝶蘭，我把它帶回屋裡，悉心照拂，直到有天它又蹦出青綠的嫩芽，於是——天助我也！——我回答說：我是一個可以讓植物起死回生的園丁。

公園依然正在施工；步道尚未鋪設，未來的溫室只是一潭滿是孑孓的積水，泥土剛從綿延起伏的山丘搬運過來，將軍們的銅像還在官方鑄造廠中鍛製。但他肯定已經察覺我完全理解他意圖呈現的生猛美感，他肯定也已察覺我願意一心一意獻身於工作。除了工作，我沒有任何效忠的目標：我沒有父母、沒有孩子，企圖心也僅限於埋頭研究樹葉與拉丁名詞。在那頭一天，我坐在他的身旁，當他逐頁翻閱平面圖，我抄寫他口述的說明，他無需多言，我也拼得出 *Trochodendron aralioides*（昆欄樹）或 *Xanthorrhoea preissii*（草樹），當他偶爾把一種植物誤認爲近似的科別，我也不落痕跡地予以更正。四點鐘之時，他說我可以走了，叫我把指甲刷乾淨、明天再過來。隔天八點整，我又坐在他的身旁，盡我應盡的職責。我對他心懷最崇高的敬意。我覺得我……嗯，怎麼說呢？就說我是萬中擇一的首選吧。他不說我就知道何時跟隨在側、何時該悄悄退下，我也曉得何時提供那個他正在思尋的字詞、何時有如承接大雨般吸取他的字字句句。

○

你想要我說什麼？他曾大吼大叫。我是個實事求是、腳踏實地的人，根本不需要多說什麼！如果我沒有走上這一行，我說不定會是個詩人。我非常尊重詩人，他曾說。我們都得充分利用手邊的資源，能做多少就做多少。我得利用我們國家的花草樹木，他們得利用我們國家的語言，而這兩者都曾豐饒繁美，現在絕大多數卻已瀕臨絕種。我年紀還小的時候，字句詞彙非常豐富，他曾說，現在卻一個接著一個消失廢棄。歷史一直往前走，居然走到了語言悄悄倒退的地步；有朝一日，我們說不定回歸無言無語的狀態。說著說著，他走到涼亭裡坐下，鬱鬱地融入花園的沉寂，整個人一語不發，彷彿想要證明他的觀點。但他的沉默始終持續不了多久。尚存的字句遲早會從他口中一一迸發。

我們都不是本國人。最起碼他在首都出生，淵源比我深一點，但他媽媽在喀爾巴阡山脈出生、他爸爸在萊比錫出生，他在兩種世界級語言的夾縫中長大，遊走於三不管的地帶，或許正因如此，所以他對那種雖已廢絕、卻給予萬種生物適切學名的語言情有獨鍾。更何況那種語言既已廢絕，所以不會改變。一座湖就是一座湖，永遠都是一座湖。一座湖不會哪天變成一隻盲眼或是一個墳墓。

有天下午，當我們正在檢視一批剛剛運達的蕨草和蘭花，三部黑色轎車一前一後地駛過椰林大道，所經之處塵土飛揚，停在公園的臨時辦公室前方。轎車的車窗黑漆漆，遠遠望去，好像一片青綠之中冒出三隻黑色的鼬鼠，我不禁打了冷顫，一股寒意竄上脊骨。第一部轎車的四個車門猛然開啓，四名身穿軍服、戴著金色太陽眼鏡的男人下車，其中一人拍打辦公室的門，逕自入內，過了一會兒才又出來。第二部轎車的四個車門接著開啓，另外四個身穿軍服的男人從車裡現身，其中一人從容不迫地朝著我們的方向比個手勢。第三部黑色轎車的車門依然緊閉。你不該過去看看嗎？我問。是啊，他說，但依然站在原地不動，一朵小小的金脈罌藥花在他掌中顫動。是啊，當然，他又說了一次，但比較像是朝著花朵發言，而不是跟其他人說話。到頭來是他們走過來、把他帶到第三部黑色轎車的旁邊。一個車門由裡推開，我記得他站在車旁、窺視漆黑的車裡，臉上的神情有如站立於深淵的邊際，既是害怕墜落，卻也想要縱身一躍。

一張平面圖接著一張平面圖、一紙素描接著一紙素描、一座花床接著一座花床，他漸漸迫使大自然低頭。大自然不是一串雛菊花環，也不是一袋鮮花花束，他曾說。大自然狠狠咬嚙餵食它的那隻手。但他從不試圖馴服大自然，絕不試圖拔去它的利爪或是毒牙。這是他的祕訣，亦是他與眾不同之處：他只迫使大自然低頭，絕不折損它的頸項。這是他的過人之處，他卻也因此垮台。他讓大自然保有野性，直至一日，大自然轉身反撲，擊倒了他。其實不是特定哪一天，而是一個非常遲緩、偷偷摸摸的過程，結果卻依然相同。

我看著三部轎車如同先前一樣一前一後地離去，儘管心驚膽跳，我依然繼續進行我的工作，畢竟我的工作不過就是善盡本分、細心照顧這一株株孱弱疲乏的植物，它們不遠千里而來，從世界各地進駐這座著名的公園，公園由這位聲譽卓著的植物學家暨景觀建築師設計，而在他的教誨下，人們瞧見了本土物種的細緻與優美。那天晚上是個明亮的春夜，我騎腳踏車回家，泡個澡，看著泥巴繞著圈圈流入排水管，而後隨同其他沉積物緩緩流向大海、載浮載沉、無聲無息地漂過一里格又一里格。我好想打電話跟人們述說發生了什麼事，但我能打給誰？我以爲說不定再也見不到他，日後回想，我才知道自己著實天眞，渾然不知將領們的行事之道。

那天晚上，我無法成眠。隔天當我早早來到公園，他已坐在他的桌後。他看起來好糟；要麼衣服沒換就上床睡覺，要麼根本沒睡。但我仍然鬆了一口氣。我燒水泡茶。當我端著托盤奉上，他堅持幫我們彼此倒杯熱騰騰的茶水。他的手非常輕微地顫抖，茶水潑灑在小碟子上。有些事情你應該知道，他輕聲說。是嗎？我問，然後在他的杯裡加進滿滿一匙白糖。我攪了攪，我們看著白糖融化。現在不是平時，他悄

中大感震懾，那道銀閃閃、濕淋淋、蜿蜒穿越下層林叢、通往熱帶植物區的步道，亦讓我心驚。然後他帶著我走過苗圃、熱帶植物區、植物標本室、紀念聖法蘭西斯的本篤會教堂，最後來到他掩沒於藤蔓中的畫室。我站到其中一幅大型油畫前，畫布上色澤交錯，五彩繽紛，我感覺一隻手重重按在肩上。他的鼻息溫暖凝重，聞起來像是檀香木和紅酒。你看到什麼？他貼在我的耳邊問。我看到一幅優美的畫作，我跟他說。我聽到他的喉嚨深處發出喀喀的聲響。說不定我錯估了你，他輕聲說。我看到前方有個峭壁、後方有群野狼，我說。他手指一彎，緊捏我的肩頭。你看到了，不是嗎？他說。你看到了？

過後不久，他派人過來拿我的東西，廚房旁邊那間朝東的小房間派給了我，成了我的住處。床鋪窄小，但很舒適，從椅子上望出去就是一棵櫻桃樹，樹上的果實逐日成熟。我把一個小小的錫蠟盒擱在窗台上，小盒來自我的家鄉，盒面刻著劊子手木橋④、歌劇院、香腸餐館，書架上陳列著我的植物學書冊。我很快就接掌了新職務。我回覆書信、掌控訂單、安排日程、監督工作人員、關注這位拉丁美洲最負盛名的景觀建築師的大小需求。他的工作永遠做不完，但有時我們得以安靜地相處片刻，我覺得那是他最愉快的時光，而我認爲這話並不誇張。

那樣的時光並未持久。難不成我們覺得若是預先得到警告，說不定就躲得過其後諸事？當將領們從市區來訪、坐著他們的黑色轎車抵達「三風莊園」，我在車道入口相迎，帶領他們走進屋裡，端著陳舊的黃銅托盤，爲他們送上一杯杯檸檬汁。大家都很客氣。他們參觀園區。在那座紀念聖法蘭西斯的小教堂裡，其中一位將領跪了下來，在胸前畫個十字。他們準備離開之時，先前跪下的那位將領找不到他的太陽眼鏡，景觀建築師趴到地上，瘋狂地在一張張椅子和長長的餐桌間匍匐爬行，看起來像隻小狗或是蟑螂，我從未見過他這副模樣，我眞想對他大吼、叫他站起來，但在此同時，我也知道自己毫無選擇，只能跟他一起趴到地上。在那一刻，我想起小教堂。我衝回去，太陽眼鏡果然在空蕩的長椅下閃閃發光。將領仔細檢查，確定眼鏡沒壞，然後他對我微微一笑，拿起手帕慢條斯理地擦掉我的指紋。

過後不久——甚至可說這事剛剛發生之後——市區公園正中央的花園將被改建

④ Henkersteg，德國紐倫堡知名的觀光景點。

爲一座銀閃閃的湖泊，湖水極深，沒有人踏得到底，反正湖底就是水泥。挖土機滾滾而來，轟轟隆隆地挖鑿地面，粗魯蠻橫地剷除灌木叢，黑色的土壤被裝上卡車運走，椰林大道只見卡車來來回回。四天之後，地面上出現一個大洞，彷彿在灰白的天空下張大了嘴。有天晚上，那些專門判定何者應當長眠湖底的人們終於現身。他們埋了將領們希望掩埋的事物，然後澆灌水泥。有人開槍或是尖叫嗎？或者只是死者無聲的吶喊？我不清楚。我們遠遠隱居於「三風莊園」，莊園之內，那座來自萊比錫的祖傳時鐘滴答作響，時光隨之緩緩流逝。這個任務肯定花了不少人力，卡車和泛光燈也不在少數，因爲隔天早上，水泥已在永遠耀目的陽光下乾涸。再過幾星期，湖泊注滿了水，陽光在藍色的湖面躍躍閃動，最高元首親自下令，指示民眾可在湖裡划船。沒錯，正是如此。浮萍和睡蓮一種下，鳥兒隨即不請自來。

不管他在屋內哪個角落，我從我的房裡都聽得到他在找我，其實過了一段時間，我已經摸清他找人之前會發出哪些聲音，他還沒開口，我就已站在門口。電話響了，由我接聽；他是否方便講電話，或是必須記下留言，由我判定；我指示廚師準備什麼東西當晚餐，我攙扶喝醉了的他上床休息，我幫他端來晨間第一盅熱茶，碗盅是十六世紀的古董，由一位日本的仰慕者相贈；我爲他遞上他的鉛筆、他的帽子、他的手杖、他的毛巾、他的泥鏟、他的小刀；每次他割傷自己，爲他帶來急救箱的也是我，因爲我們這位最負盛名的景觀建築師暨植物學家一看到自己的血就神經兮兮。

○

在這樣的陽光下，國內萬物欣欣茁長。在將領們青銅塑像警戒留神的注視下，椰樹亦是茂生。巨大的蓮葉跟圓桌一樣可觀，高大的綠竹不停抽長，直到與四、五層樓齊高，微風吹過竹林，細長的莖稈隨風搖擺，啪啪作響，有時竹子被風吹彎了腰，莖稈吱吱嘎嘎，好像街車踩了煞車。不知怎麼地，竹林中還傳出馬蹄聲和驢叫聲，難不成竹林容納了一整廄的牲畜？人們輕聲耳語，孩童嬉鬧玩耍，說不定哭了，說不定只是低吟淺唱。但這位拉丁美洲最負盛名的景觀建築師從未聽到這些聲響，因爲工程一完工、開幕儀式一結束，他就沒時間重返他設計的公園與花園，而這一座座公園終究吸引大批民眾造訪，人人在步道上散步，或是坐在長椅上納涼。那些年他非常忙。我不騙你；那些年大多過得不錯。他忙於他的工作。那樁發生在湖泊的怪事只此一次，同樣事端從未再度發生。事隔將近十五年，將領們有些潛逃國外，少數幾位受到審判，其餘大多隱居於自家豪宅的高牆之內，在他們的花園中安享天年。我們這位景觀建築師再也不受煩擾，他終於也可以安靜過日子。

你要我說什麼？他曾大吼。我的工作很單純：我收集植物，設計公園和花園，如此而已。我住在一棟我用自己這雙手建造的房子，四周是我自己的田園畝地、我自己栽種的植物樹木，有些常見，有些非常稀罕，你甚至必須花好幾天深入叢林才找得到，而我就是這麼做的。有些樹是很久以前、我年輕的時候栽種的，他經常大吼，現在它們跟我一樣上了年紀，但它們不像我，它們的計畫沒有受到玷汙、沒有受到摧殘、沒有在黑暗中窒息。有次——也僅只一次——我直視他的雙眼，輕聲地、清楚地對他說：在黑暗中窒息的不是你。我永遠忘不了他臉上的神情，他看起來像是一個從來沒被甩過巴掌的小孩。他閃躲，或說試圖閃躲，但一個人終究躲閃不過自己。

最後那幾年，我們有時一起旅行，而也只有旅行可以暫且舒緩他的心情。我們造訪阿爾罕布拉宮和科摩湖。在科摩湖，我們下榻埃斯特酒店，走訪卡洛塔莊園和希普萊斯酒店的花園。我們前往阿雷佐觀賞皮耶羅・迪拉・法蘭契斯卡的作品，行至佛羅倫斯參觀安基利軻的畫展。那是我初次造訪義大利，他堅持要我爬樓梯登上聖母百花大教堂的圓頂，一覽教堂著名的複層殼頂，他自己則坐在廣場上喝咖啡。我們事先約定，登頂之後，我會出去站在小小的露台上跟他揮手，他也會揮手回應。登頂可不容易——樓梯陡峭，通道極爲狹窄，我走走停停，多次必須抗拒令人窒息的幽閉恐慌。爬到最後幾階之時，我衝上樓梯，以免錯過約定的時間，當我站到露台上，我已經上氣不接下氣。相較於懼高暈眩，先前的幽閉恐慌根本不算什麼。我緊貼著牆，雙腳顫抖，戰戰兢兢地探頭往下看。由此遠眺，擺設在廣場上的咖啡桌有如一個個小白點。我看到有人在桌間揮手，我揮手回應，他又揮手，我也再揮一次。他一直揮、一直揮，好像出於慣性。這得持續多久？我心想。就在那一刻，我明白了：我正在考慮是否跟他說拜拜、讓他跟他心中的幽魂與魔障獨處、前往別的地方開始我的新生活。畢竟對我而言，事事依然可能，機會的大門依然敞開。他在下面繼續揮手。這下我覺得他似乎試圖說些什麼。別問我怎麼知道，從這樣的高度，我當然看不出他臉上的表情。不知怎麼地，我就是知道他喃喃跟我說話，說不定他大聲喊了出來，但喃喃低語也好，大聲喊叫也罷，反正我都聽不見。我以爲哪裡出了錯，所以我轉身衝下狹窄的樓梯，我跑了又跑，繞了又繞，依然跑不到地面，好像始終在原地踏步，在此同時，天知道他出了什麼事？說不定他在廣場上突然心臟病發作。但當我終於在陽光下露臉、汗流浹背地跑向咖啡館，我卻看到他專心讀報。你剛才想要跟我說什麼？我問。跟你說什麼？他說。你這話什麼意思？陽光照得我頭昏眼花。我甚至不曉得你是否在上頭。

我不是教徒，但我多次發現自己不由自主地走進「三風莊園」的小教堂，一再看著那幅聖法蘭西斯握著白鴿的油畫。有些人犯下可怕的罪行。有些人欣然默許。我永遠無法明白的是，默許之人究竟爲何默許？有時我在那裡站了好久，透過鑲嵌玻璃映照的縷縷日光甚至已經移到另一個牆面。不，默許之人不僅只是退讓，他們是否以自己的方式肯定犯罪之人？

我們最後一趟旅程是美國之行。那時美國已是冬天，我從儲藏室裡拿出那件他爸爸當年從萊比錫帶著上路的俄國貂皮大衣。大衣飄著樟木置物箱的氣味，但依然高尚雅緻。他披上大衣，大衣的衣襬幾乎垂到地上，整個人看起來出奇醒目，所經之處人們莫不轉頭一看。大衣讓他講話更大聲，好像大衣遮掩了他的聲音，讓他聽不清自己的話語，結果更是吸睛。他拒絕脫下大衣，即使在室內也不願脫下，有時當他在旅館宏偉的餐室用餐，一丁點食物掉到大衣上，附著在濃密的皮草之間，我經常過陣子趁他不注意，或是奔波了一天在計程車後座睡著之時，悄悄把食物撣掉。在那些時候，我察覺他果真上了年紀，心中滿是恐慌。我怎麼可能把每件事情都打點得妥妥當當？鞋子擱在床底。玻璃杯擺在桌上。白鴿握在手中。椅子放在門邊。毛巾隨時可用。廚師在廚房當差。太陽在空中升起。日光在湖面照耀。那種感覺就像你在做夢，夢境之中，你每次轉身都發現背後的東西不一樣，我真的受夠了。但他早上始終會起床、依然會披上那件龐然的大衣，他總是會又開口講話（至

翁婿

The Husband

1

冬季一個冷颼颼、灰濛濛的撈什子三月天，她媽媽打電話來說那個失散的翁婿現身了。她當然不是一開始就這麼說，而是雲淡風輕地閒聊，好像在述說日常生活的小故事，然後話鋒一轉，忽然插進一句：前幾天門鈴響了，但我當時沒在等什麼人。

塔瑪正在西七十八街，在她幫人看診的辦公室吃午餐，特拉維夫卻已將近傍晚。她媽媽依然居住特拉維夫，住在那棟她和她弟弟長大的公寓裡，公寓在梅爾公園後面，透過髒兮兮的大窗可以看到公園的樹木。

哪一位？她媽媽朝著對講機大喊。但當她按下通話鈕聆聽，外面似乎沒人。

塔瑪又起一塊鳳梨，好整以暇地準備聽她媽媽講事情，這些年來，她已經無數次像這樣等著聆聽。她媽媽經常一說說半天，這些事情通常滑稽荒謬，有時天馬行空，目的只在於讓塔瑪掛心遠方的家人。雪下了一早上，市區的街道積了一攤攤骯髒的殘雪，她遙望一方灰白的天空，眼前浮現舊家的大門和對講機，大門油漆剝落，底邊稍微毀損，塑膠製的對講機覆滿報紙油墨指印，她想了想，心中湧起思鄉的溫情。

我以爲有人按錯了電鈴，她媽媽跟她說，這是常有的事。樓上的鄰居生了小寶寶之後，我的電鈴好像成了抽水馬桶的把手，而且是車站裡唯一的馬桶，隨時都有訪客按一按。但訪客終究不再上門，在那之後，除了小寶寶大哭大叫，這裡一直很安靜。新手爸媽盡了力，她媽媽說，但有時他們也扯著嗓門互罵。他們以前好快樂、好相愛，但生了小寶寶之後，他們沒有一件事情看法一致。

聽來倒是耳熟，塔瑪說，因爲她的第一胎生得很辛苦，孩子出生不久之後，她和孩子們的爸爸就意見分歧，再也無法達成任何共識，但兩人繼續撐了將近十年，最後終於分居。在那之後，塔瑪一直都是單身，她爸爸一年之前心臟病發作過世，所以她媽媽也是一個人。他們家原本一家四口——她媽媽、她爸爸、她弟弟、塔瑪——長久以來，其中三人都有個伴，只有她弟弟史隆米依然未婚。後來爸爸走了，塔瑪離婚，史隆米跟他的男友結了婚，家裡反而只有他有先生。

她媽媽按下通話鈕詢問是誰，但當她按鈕聆聽，卻只聽到一部汽車隆隆駛過和城市夜間的聲響，城市臨海，種種聲響聽來彷彿帶著水氣。她走回廚房，在茶壺裡注滿了水，把茶壺放上爐子，但過了一分鐘，電鈴又響了。這次她不予理會，但按鈴的人似乎愈來愈不耐煩，先是急促地按了幾下，然後憤怒地壓著不放。好吧、好吧，她媽媽大喊，請問是哪一位？她再次按鈕聆聽。

特殊服務處，一個男人說。

難不成這會兒他們就用這種方式進門強暴老太太？她媽媽心想。

不了，謝謝，她朝著對講機說。我不需要任何特殊服務。

「社會」服務處，那人大聲回了一句。

謝了，但我不需要，她說，特殊服務處、社會服務處，不都是一樣嗎？

帕茲太太？伊拉娜・帕茲？我是社會服務處的朗恩・阿茲拉克。麻煩開門讓我們上去，好嗎？

請問有何貴幹？她媽媽問，但她忘了按通話鍵，而且顯然依然按鈕聆聽，所以她聽到對方輕聲說：說不定你想自己跟她講一講？

她又用力按鈕：誰跟你在一起？你在跟誰說話？

這就是我要跟妳談的，那人說。

他聽起來和藹可親，她媽媽跟塔瑪說，不像殺人犯或是強暴犯。

你們有何貴幹？她媽媽質問。

帕茲太太，我們最好上去跟妳當面談一談，這樣對大家都好——

好在哪裡？跟我說個大概，她插嘴。

特殊服務處的那人回答說此事相當敏感，如果她這就幫他們開門，他樂意遞上他的名片。塔瑪的媽媽考慮叫他滾蛋，但好奇心佔了上風，於是她決定讓步。但按電鈴讓他們進來之前，她先把爐子關掉（瑪塔知道她絕對不會不關爐子就出門，即使只是出門一秒鐘也一樣；她小時候認識的一個女孩就是因爲爐子沒關被燒死），爬樓梯上樓，敲敲那對新手爸媽的門。先生出來應門，肩上搭著一條弄髒了的吐奶巾。他看起來糟透了，塔瑪的媽媽跟她說。自從小寶寶出生之後，他就猛起濕疹。

抱歉打擾你，塔瑪的媽媽跟他說，但有人在外面宣稱是特殊服務處派來的。萬一我按開門鈕讓一個小混混或是下三濫進來，你介不介意把你家的門開著、聽聽門外的動靜？如果我們大樓那個下三濫經理同意裝個監視器，我絕對不必麻煩你，但就算地獄的火燒到凡間，他也不會同意。唉，再次抱歉打擾你，尤其是你們家有個小寶寶，哎喲，小寶寶好可愛，看到府上人丁愈來愈興旺，眞是讓人開心，好、好，那就謝謝你囉，如果你眞的不介意，我這就開門讓他進來，不、不，你不必跟我下樓，只要待在這裡就行了，但麻煩把門開著，這樣一來，如果我尖叫，你才聽得到。

走回她的公寓之後，她朝著樓下入口的走廊大喊。

好，我這就開門讓你進來。你從第一道門進來，在入口的走廊等到門關好，然後我會再按一次開門鈕、打開裡面那扇門。

這好像走進以色列銀行的金庫，他說。

但裡頭可沒錢，她媽媽回答，藉此了斷他的念頭。

她等候，從貓眼看著門外，直到眼前出現兩個模糊的身影，一人瘦高，拿著一個公事包，一人矮小，上了年紀，戴頂帽子。高個子掏出一條手帕。

塔瑪想像這兩人的模樣：矮個子戴著一頂褐色的氈帽，高個子的額頭已經開始冒汗，閃閃發光，他的額頭很高，髮際線後移許多，到了明年就會禿頭，但蓄了一把漂亮捲曲的黑鬍子，戴著細緻美觀的眼鏡。她可以看到她媽媽開門露出一道小縫，防盜鏈依然拉上，四、五年前，塔瑪返回紐約之前幫她裝了這副防盜鏈，她在她自己家裡也裝設警報系統，因爲當時她也剛開始一個人過日子。

那位社會服務處的男士把名片從門縫塞進去。

謝謝，抱歉打擾妳，我叫朗恩・阿茲拉克。我們可以進去嗎？

阿茲拉克？這是哪門子姓氏？

他微微一笑。他長得相當不錯，她媽媽跟她說，眼神非常溫暖。

那是土耳其姓氏。我祖父在伊斯坦堡出生。

眞的？我一直想去土耳其。

不急、不急，還有時間，社服男士說，他的雙眼閃爍著光采，顯然知道該說什麼讓一位老太太開心。某處肯定有位母親因爲自己養出這麼一個彬彬有禮、善體人意的兒子深感驕傲。就算他沒有博士的頭銜，那又怎樣？她媽媽跟她說，他出於善心和一股對同胞的責任感，自願任職於特殊服務處，若說哪個工作吃力不討好，肯定就是他那個工作。

妳的意思是社會服務處，塔瑪邊說、邊把剩餘的午餐扔進垃圾桶，瞄了瞄時鐘：她還有二十分鐘才開始看診。

沒錯，她媽媽說。

博斯普魯斯海峽！她媽媽說不定已跟社服男士講起這個海峽，炫耀一下她花了不曉得多少時間收看晚間電視節目吸收而來的知識。這個名稱眞好聽，世界上其他海峽都比不上，而且它分隔兩大洲耶！她媽媽會這麼說，因爲若是願意，她媽媽也知道如何施展魅力。

我想跟妳解釋一下我爲什麼來到府上，伊拉娜，社服男士說。我想妳最好坐下來，這事說不定會讓妳有點震驚。

他帶著她走向沙發。其實她沒邀他進來，她媽媽跟她說，這人可眞得寸進尺。

我不指望妳馬上認出他，畢竟已經事隔多年。社服男士轉頭看看門口，她媽媽又瞧瞧那個戴著氈帽、穿著深色西裝的老人，老先生一語不發地站在門口。我們前幾天才找到他，他的狀況還是不太好，社服男士說。妳認得他嗎？

我以爲他是你的跟班，她媽媽說，她不自在地沙發上挪動一下身子，試著想起自己是不是忘了欠某個人錢。社服男士笑笑，露出一口白燦燦的土耳其大牙。

好，他說，神情忽然嚴肅，既然妳問起我的家世，我能不能跟妳說個小故事？

她媽媽看看時鐘，發現竟然還不到八點半，有點氣餒。多年以來，她始終過了半夜才上床休息。但我暗想，電視節目不看也無妨，她跟塔瑪說。我憑什麼跟這麼一個彬彬有禮、跟我講天方夜譚的小夥子說不？

好吧，她說，試圖忽視那個像是一攤水似地被潑灑在她門口的老先生。

社服男士掏出手帕，再次揩乾他的額頭。

我應該開窗透透氣嗎？她媽媽問。

好啊。

不會有人拿著刀子爬窗子進來吧？

妳說什麼？

吹吹風對我也好，但我一個人住，阿茲拉克先生，我女兒住在紐約，我兒子啊，說來話長。

請叫我朗恩。

我一個人住，朗恩，你也看得出來我上了年紀，所以我得小心。

塔瑪想像街上的摩托車聲、情侶的爭執聲隨著溫暖的微風陣陣飄入屋裡，社服男士朝著依然站在門口的老先生招手，老先生沒有脫帽就走了進來，他慢慢往前走，直到距離她媽媽幾英呎才停步，帶著平靜而難以解讀的神情仔細端詳她染成古銅色的頭髮、點點雀斑的寬臉、依然出奇細緻光滑的臉頰、銳利的褐色雙眼，以及那件印著「相信我，我是個醫生」的運動衫。塔瑪想像她媽媽忽然但願自己穿著一件比較體面、讓人對她印象稍佳的衣服，因爲已經好久沒有人這麼專注地看著她。塔瑪想像她指指一把椅子、試圖忽略自己的頸背起了雞皮疙瘩，在此同時，老先生脫下氈帽拿在胸前，坐到窗邊的椅子上，而且挺直脊背，好像等著飛機起飛之後才敢把座椅往後靠。她還想像她媽媽把茶壺放回爐上，當她走回客廳，社服男士也透過銀框眼鏡好奇地注視她，打從什麼時候開始，每個人對她大感興趣？

然後啊，她媽媽繼續跟她說，那位社會服務處的男士講起他外祖父母的故事。不是他那兩個在土耳其出生的祖父祖母，而是他那兩個來自希臘薩洛尼卡的外公外婆。

啊，國際家庭，塔瑪說。

但都是來自世界同一個偏遠的角落。當他爸爸遇見他媽媽，他發現她已經知道怎麼烹調他愛吃的幾道菜後，感到非常開心。

塔瑪等著她媽媽說幾句話嘲諷，因爲自從塔瑪的爸爸過世之後，她媽媽就再也不必當個廚娘，但她沒說，反而複述社服男士跟她講述的故事。她說他外公外婆年少之時在薩洛尼卡相識，但他外公花了一番功夫才贏得他外婆的芳心。他們終於在一九三九年結婚，搬進市區古老城牆外的一棟小公寓，他外公婚後在一家南北乾貨店工作，乾貨店是他外婆家的祖產，已由他們家族經營了兩百年。他講述之時，她媽媽幾乎聞得到船隻的汽油味和撲打著港岸的愛琴海，似乎也聽得到鴿子在這對小夫妻居住的安靜街道上咕咕叫。那個一攤水似的老先生在她身後靜靜聆聽，屋裡寂靜無聲，故事之中，墨索里尼砲轟薩洛尼卡，此時此刻，連屋外的街道都一片靜默。但她始終感覺老先生的目光停駐在她的頸背，她被盯得無法放鬆。

我外公外婆在戰時與彼此失散，社服男士跟她說。他們各自逃往以色列、各自被告知對方已經辭世，兩人也都不忍返回薩洛尼卡，因爲五萬名猶太人在薩洛尼卡遭到遣送，幾乎沒有一人熬過來。後來我外婆決定跟一個年紀稍大的男人結婚，那人是個鰥夫，也在戰時失去了妻子，婚禮之前的兩星期，我外公在阿倫比街上等公車，忽然從另一部緩緩駛過的公車車窗裡瞧見我外婆。

一時之間，屋裡陷入沉靜。眞是了不得，她媽媽終於開口，好棒的故事！但我眞的必須問你有何貴幹。社會服務處肯定有其他要事待辦，幹麼派人到家裡跟老太太們講故事？

喔，當然、當然，他輕聲笑笑說，我剛才之所以講故事，原因在於這種事情比人們猜想的更常發生。失散多年的夫妻和兄弟姊妹找到了彼此，嗯，妳待會兒就曉得——妳眞的還猜不出來嗎？妳的反應當然很正常，我們可以依照妳的意思慢慢來。

什麼事慢慢來？她媽媽質問，到了這時，她眞的老大不高興，她跟塔瑪說。我不知道你在說些什麼，麻煩你跟我解釋你到底來這裡做什麼？

在那一刻，朗恩・阿茲拉克站起來，拉平卡其褲上的皺褶，清清嗓子，走到她身邊，微微一笑，把一隻手搭在她的胳臂上。

妳瞧，他邊說、邊指指坐在窗邊那個小老頭，我們終於找到他。

終於找到誰？她媽媽問，她甩開他的手，拍拍頭上摸尋她的老花眼睛。

妳肯定已經放棄希望。

希望？什麼希望？她沒好氣地質問，根本懶得掩飾自己的惱怒。

妳先生，他小聲說，而且眨了眨眼，好像跟她講悄悄話。

我先生？她幾乎怒吼。他怎樣了？社服男士肯定已經習於人們對社會服務處的失望與不滿，因爲他神閒氣定、面不改色地回答：

他人在這裡。

她媽媽一說出這話，瑪塔立刻迸出笑聲。她媽媽當時也笑了，她跟塔瑪說，她笑得非常大聲，聽起來肯定像是尖叫，因爲忽然之間，先生奪門而入——不是坐在窗邊的那位，也不是已經辭世五年的那位，而是樓上鄰居家的那位——他的懷裡還抱著臉蛋紅通通、皺巴巴的小寶寶。

這裡怎麼回事？他大喊，眼睛從鬍鬚捲曲的土耳其人、窗邊的老先生，一直移到她媽媽身上。她試圖解釋，但每次一張開嘴巴想要說話，她就又忍不住迸出陣陣笑聲。小寶寶握拳朝著空中揮了揮，突然大聲尖叫。樓上那位先生抱著她輕輕搖晃，當這招不管用，他就抱著她東搖西擺，依然等著看看是否需要他幫忙。

沒事、沒事，我媽媽終於擠出幾個字，從口袋裡掏出皺巴巴的衛生紙輕拭雙眼。有些誤會，如此而已！這位男士把我誤認爲別人。

聽到這話，社服男士並未退縮，只是再度露出他那平靜愉悅的職業性笑容。我跟妳保證我們絕對沒有把妳誤認爲任何人。

喔，你們絕對搞錯了，阿茲拉克先生，我媽媽說。

請叫我朗恩，他堅持。

抱歉浪費你們的時間，她媽媽說，但我先生絕對沒有失蹤。我知道他人在哪裡，他人在亞爾孔公墓，葬在他媽媽的旁邊，百分之百錯不了。

樓上那位先生睜大雙眼，先看看她媽媽，再看看社服男士，社服男士在長褲上擦擦手，啪地一聲打開公事包的黃銅扣鎖，拿出一個厚厚的檔案夾。那位老先生從頭到尾神祕兮兮地靜坐一旁，拇指和食指不停搓揉，好像在點數鈔票。他露面還不到幾分鐘，她媽媽做出觀察，但整個人似乎又縮小了一丁點。

這時茶壺從廚房嗶嗶叫，聲聲尖銳，社服男士轉頭看看樓上那位先生，一臉企盼，樓上那位先生眉頭一揚，意思似乎是：我喔？然後慌慌張張地四處張望，想要找個地方妥善安置鬱鬱不樂的小寶寶。在那一刻，窗邊的老先生張開手臂，好像打算接下小寶寶，樓上那位先生被此舉嚇了一大跳——老實說，目前的狀況也讓他震懾——居然把小寶寶交到老先生手上，匆匆跑去處理嗶嗶叫的茶壺。老先生把小寶寶抱到膝上，膝蓋一開始彈動，小寶寶就安靜下來，眼睛張得好大，一臉濃濃的驚奇。老先生的嘴唇輕輕顫動，好像開始說話，過了一秒鐘，當茶壺忽然不再嗶嗶叫，公寓裡只聽見老先生的歌聲，萊啦—萊，萊啦—萊—啦—啦—萊，彷彿哼唱一首沒有歌詞的小曲。

她媽媽只說到這裡，因爲這時塔瑪自己的電鈴響了，她請她媽媽先別掛斷，同時拿起對講機請問樓下是誰，然後按電鈴讓她的患者進入大廳。她一邊調整手機的耳機，一邊掛上連接到她辦公室電鈴的老式對講機，手忙腳亂之時，她敢發誓她聽到她媽媽非常小聲地說：再二十分鐘雞就烤好了。

妳說什麼？塔瑪說。

沒什麼，她媽媽說。

她跟她媽媽說她待會兒再回電。

2

但塔瑪隔天才又跟她媽媽講到話，因為當她搭火車回去里佛岱爾、試圖從火車上打電話給她媽媽，她媽媽卻沒接。這倒是令人訝異，她媽媽從來不會不接電話。那時已是特拉維夫的午夜，但她媽媽始終過了半夜才上床休息，正因如此，兩地的時差始終沒有構成太大的障礙，她們母女依然保持密切聯繫。定居紐約這十九年來，塔瑪已經習慣每星期跟她媽媽通三、四次電話，在這些傍晚或是深夜的電話裡，她媽媽的注意力最起碼百分之八十五都集中在她身上，其餘的百分之十五則聚焦於電視上正在播放的自然奇觀和法庭節目。有時她媽媽會打斷她們的閒聊，跟塔瑪說些孟加拉虎和阿爾罕布拉宮的趣聞，或是告訴她說貝魯特貧民窟的孩童們活得多辛苦、希臘一個島上的居民們是全世界最長壽的。若說塔瑪從這些閒聊中得到撫慰，原因或許在於這些閒聊將她一路引回童年，讓她想起往昔那些以她爲尊的時刻，在那些時刻，她弟弟在睡午覺，她媽媽把全副精神投注在她身上，只有偶爾拿著紅筆改改一疊擱在大腿上的小學生試卷。

當她媽媽沒接，塔瑪打了電話給史隆米。說眞的，她倒不掛念，但因爲他們家向來認爲掛念對方就是關愛對方，所以大家無時無刻不把掛念掛在嘴邊。家裡四個人之中——或說家裡依然只有他們四人之時——史隆米比較沒有這個習慣，這或許是因爲他們的爸媽多年以來始終掛念他，致使他已對此免疫。

史隆米跟她媽媽一樣是夜貓子，只有在與丹相識之後，他才不到半夜就乖乖回家。在此之前的二十多年，史隆米晚上九點出門，清晨兩、三點回家，但因爲他是個職業 **DJ**，經常在世界各地工作，所以他的時間感很難說得準。如今他已安頓下來，也已結了婚，他愈來愈不常出差，再過不久，等到他們在尼泊爾待產的代理孕母生下小寶寶，他就再也不會上路。但史隆米打從青少年就是夜貓子，說不定在他們媽媽的肚子裡就養成這樣的晝夜節律，如今無法重新設定。於是電話響了兩聲他就接起，一開口就用了他從小叫到大的暱稱說：塔塔，怎麼了？

她直接切入正題，提到她媽媽說的事情，但他打斷她的話，跟她說他全都知道。這個據稱是**翁婿**的傢伙似乎是個好人，談吐非常優雅，更別提很會帶小孩。

她這才感到困惑與心酸，甚至夾雜一絲惱怒。你說你全都知道，這話是什麼意思？她問。他待下了？**翁婿**？你就是這樣稱呼一個天知道社會服務處從哪個垃圾坑拖拉出來的陌生人？

其實他來自內坦亞①，史隆米說，但她不予理會，繼續說道。

翁婿？喔，還有媽媽！她昨天在電話裡跟我講了半小時，甚至提都沒提她接受了一個素不相識、莫名其妙出現在她家門口、跟她說她屬於他的男人？她講起這事的口氣，讓人覺得這事從頭到尾都很荒謬。

① Netanya，以色列中央區的城市。

對此，她弟弟回答說：說不定她覺得跟妳說實話不太自在。

這話讓她覺得自己被甩了一巴掌。她知道她弟弟沒有惡意、這不是他的待人處世之道，但她弟弟既已不在乎家人們的掛念，講話自然格外直率。

她爲什麼會感到不自在？塔瑪問，心裡依然不爽。

她幾乎可以感覺她弟弟在電話的另一頭聳聳肩。

因爲她知道妳會做出這樣的反應。

怎樣的反應？

過分敏感。疑神疑鬼。甚至帶點防衛。

防衛！我幹麼防衛？一個陌生人自稱是她失散的先生，而我們都知道除了爸爸之外、她絕對沒有其他先生，全家人似乎只有我的反應最理性、最明智。她是哪裡不對勁，居然就這麼接受一個十足的陌生人？

說不定這就是原因。

什麼原因？

他似乎很完美②。

史隆米，我們對他甚至一無所知！他說不定心理變態。最起碼是個騙徒。

說不定她知道得夠多了。

我的意思是，他甚至會講希伯來語嗎？

塔瑪覺得他們似乎在遠方找到了他，說不定甚至是在大海之中。想到這裡，她的眼前浮現一個景象：這位戴著褐色氈帽的老先生緊抓著一塊破木板，浮沉於浪濤之間。一時之間，她幾乎替他感到難過。但這種心情稍縱即逝，因爲啊，他以爲他是誰？他是否附和社會服務處荒謬的點子？說不定甚至自己想出來這套花招，衣冠楚楚地坐在她媽媽的椅子上，一臉清白無辜，張開手臂接下小寶寶！

他講話像個詩人，史隆米說。好像剛從阿爾特曼③的詩裡走出來，妳記得小時候媽媽唸給我們聽的那些詩吧？

② 原文「a perfect stranger」，「perfect」可以解釋爲「完全」、「十足」，也可以解釋爲「完美」。
③ Nathan Alterman（1910-1970），以色列著名的詩人、劇作家、記者、翻譯家，畢生致力於以色列建國。
④ Paul Erdős（1913-1996），匈牙利籍猶太人，當代著名的數學家。

這會兒他是個從詩裡走出來的人物！

而且是個傑出的天才數學家，史隆米補了一句。他曾跟艾狄胥④本人合作，兩人一起發表期刊論文。

誰是艾狄胥？塔瑪問。

但此時史隆米必須掛上電話，因爲啊，哎喲，丹終於跟尼泊爾接上線了。

3

那天晚上，塔瑪睡得不太好。那是星期五，她女兒艾莉絲跟朋友出去，很晚還沒回家，而在這樣的晚上，她那個年僅十歲的小兒子雷米喜歡跟她一起睡。她非得等到艾莉絲安全返家之後才睡得著，更何況她雖然喜歡雷米在她身旁，但這個可愛的小男孩習慣用嘴巴呼吸，那雙瘦巴巴、熱呼呼的雙腳始終在毯子下踢來踢去。即使艾莉絲平安返家、聞起來沒有香菸酒精或大麻的氣味、安穩地躺在她那天花板貼滿小星星貼紙的臥房，雷米也終於不再亂動、墜入沉沉的夢鄉，塔瑪依然無法成眠，一直想著翁婿。讓她心煩的是，她媽媽被佔了便宜。她媽媽或許看來頑強，甚至不太好搞，但她依然是個七十三歲的老太太，而且一個人住，每次公寓需要維修，她就得靠她兒子幫忙，銀行帳戶一出問題，她就求助於她女兒。謝天謝地，她的身體還不錯，但即使腦筋還很靈光，她卻愈來愈健忘。她依然每星期幫蘇丹移民們上兩次希伯來語課，但上個月她兩次把手機不知道放在哪，不得不請史隆米跟她一起把當天的行程往回走一趟，直到找到她的手機爲止，幸好兩次都找了回來，一次是在藥房的櫃檯，一次是在戈登泳池——她每星期去那裡游兩次泳，救生員也都認識她。在那之後，塔瑪開始注意到其他小疏失。她打電話給她的朋友凱蒂，凱蒂是神經科學專家，她叫塔瑪不必擔心，她說目前沒有任何阿茲海默症的徵兆，只不過額葉皮質輸送至海馬迴的傳訊細胞生長略爲遲緩、活動力略爲減弱，並不表示記憶受到侵蝕。記憶依然完好無缺，但是隨著腦部老化，提取記憶的傳訊細胞日漸怠惰懶散，有時迷失了方向。

換言之，她媽媽年歲漸長。塔瑪倒沒有忽略這一點。當時她爸爸在超市忽然胸部劇痛、不支倒地、送往醫院不到一小時就過世，甚至連她或史隆米都來不及見最後一面，她赫然意識到她爸媽的生命是多麼脆弱，兩人都已踏上人生的最後階段，而在這個階段中，死亡始終隨時等候。她媽媽不笨，身體也不孱弱，但她日漸衰老，而大家都知道詐騙老人是多麼容易。難道她和史隆米不該確保他們的媽媽不會受到詐騙？一個陌生人——其實是兩個陌生人——毫無預警地出現在家門口，宣稱找到一位他們的媽媽從未失散的翁婿！這人從來不曾屬於她，如今卻宣稱與她親密相屬，更別提隨之而來的責任與義務，意味著她必須在情感上，甚至財務上支援他。

塔瑪心想，難道以色列已經變得如此貪腐、如此破落、如此厚顏無恥，致使政府非但沒有儲備種種資源、試圖照顧那群立國之初矢言庇護的離散國民，反而把資源全部投注於武裝軍備和總理喜愛的雪茄、粉紅香檳、珍奇珠寶？難道公衛機構那些不切實際的小丑長官想出這個邪惡的點子，把這些貧窮、乏人關照的長者送到無辜的民眾家中，並斷言長者屬於他們，他們也因而必須承擔責任？

難道果真沒完沒了？她暗自思量，再次翻身，從仰躺變成臥躺，聆聽雷米在她身旁沉沉的呼吸聲。人們始終想得出種種方式利用大屠殺之名、濫用大屠殺之痛，難道果真永無終結？你瞧瞧他們，時時挑動深植於歷史之中的民族情感，刻刻操作她媽媽那一輩從小聽到大的感人故事，故事說了又說，成眞的機率卻微乎其微。在那些故事中，父親夫君和妻小姊妹在戰時離散，據估已經死亡，結果竟然奇蹟似地被紅十字會尋獲，與心愛的家人們重逢相聚。這些人在有如煉獄般的難民營得到拯救，擠上航向海法⑤的船隻，在感人至深的典禮中被送回親友們的懷中，親友們失而復得，或許今後再也不會將他們視爲理所當然，場場典禮化不可能爲可能、化不眞實爲眞實，但又何嘗不可？那個建國在即的國家不就具有相同的特點？轉眼過了七十年，直至今日，社會服務處、特別服務處，或是隨便哪個他們自稱是什麼的機構，依然宣稱找到人們失散的摯愛，讓他們以戴著氈帽的小老頭之姿出現在人們的家門口，這樣說得過去嗎？他們派出一個個專員，打算把這些無依的老猶太人強行塞到民眾的手中與家中，在此同時，他們派出警察圍捕旅館裡的蘇丹難民，將之驅離出境，他們還把出生在以色列的菲律賓孩童從家裡拖走，強行打入大牢，把這些

⑤ Haifa，以色列北部的港口城市，也是以色列的第三大城市。

說希伯來語、唱以色列國歌長大的孩童驅離出境，讓他們永遠離開他們出生長大的國家，這樣難道不是僞善？他們以爲民眾都是笨蛋嗎？

她跳下床，披上她的睡袍，套上絨毛拖鞋——拖鞋是孩子們幾年前送給她的生日禮物，穿起來很舒服，但樣子不怎麼討喜——從插座上拔下正在充電的手機，大步走進廚房。如果史隆米不打算採取任何行動，如果他甘於袖手旁觀、讓他們的媽媽被這號人物和助長這種厚顏無恥之舉的機構欺瞞，那她就得親自處理。

她打電話給她媽媽。以色列時間已是早上八點半，她八成準備出去游泳，或是正在備課。但當電話響了四、五聲、她媽媽接了起來，她隱隱聽到孩童的嬉鬧聲，過了一秒鐘，電話另一端傳來低沉的話語聲，警告某人當心激流。

等等，我聽不到妳說話！她媽媽大喊。

妳在哪裡？塔瑪問，因爲那裡聽起來像是海邊，而她媽媽厭惡海邊，始終抱怨海水太髒，連聲指控海邊那些賓客盈門的咖啡館敲竹槓。記憶之中，她和史隆米年幼之時，她媽媽只帶他們去過幾次海邊，其中一次史隆米被水母螫到，更加鞏固她媽媽對海邊的負面印象。她甘於待在濱海步道上眺望大海，她每星期也踏上步道兩、三次，往返於家中和泳池。但在其他時候，她是這個城市少數對大海無動於衷的居民。

我聽不到妳說話，她媽媽重複一次，我在海邊。

妳在海邊做什麼？

我們在喝咖啡。

妳的意思是，妳跟他在喝咖啡？

誰？

翁婿。

她媽媽一語不發。

我跟史隆米談過了，媽。我在電話裡把妳跟我說的事情當作玩笑，妳倒是花了時間鋪陳笑梗。

什麼笑梗？

他待了下來！某人宣稱這個小老頭是妳失散的先生，妳不但接納，而且把他請進妳的公寓——說到這裡，塔瑪暫不作聲，因爲她頭一次想到她媽媽或許不僅只是請他在窗邊的椅子上坐坐，搞不好她媽媽甚至邀他上了她的床。

她媽媽哈哈大笑。

什麼事情那麼好笑？塔瑪質問。

他可不是個小老頭，她媽媽說。然後她聽到她媽媽跟他說，沒事、沒事，只是我女兒打電話來、我女兒塔瑪。

我們得談一談，媽。我不明白妳爲什麼跟著起鬨，我很擔心。

擔心什麼？我在海邊喝咖啡，如此而已。我待會兒再打電話給妳。對了，妳爲什麼三更半夜還沒睡？艾莉絲又出去玩到很晚？妳在她那個年紀也在外面瘋到半夜，現在妳終於也嘗到苦果。但這樣對她很好，讓她快快樂樂地瘋一瘋吧。妳看看妳到後來變得多麼正經八百。

她媽媽的口氣從未如此輕盈，就這麼掛了電話，隆隆的浪濤聲嘎然而止，塔瑪被遣回寂靜無聲的廚房，窗外的街道亦是一片沉寂，她從艾莉絲出生之後就住在這條街上，至今已逾十二年。

他可不是個小老頭！她重複一次。但回應她的只有冰箱的嗡嗡聲，而只有獨處之時，你才聽得到這種聲響。

接下來幾天，她從史隆米口中探聽出**翁婿**雖然尚未搬進媽媽家，但兩人經常在一起。他是匈牙利人，他的希伯來語終究並非如同詩人般優雅，也只熟知阿爾特曼的一、兩首詩，每當他用希伯來語表達不出意思，他就朗讀這一、兩首詩。但他們的媽媽早就習慣移民們拙劣的希伯來語，況且她是個絕佳的老師，**翁婿**也已欣然接受她的更正。至於他爲什麼失散多年、他爲什麼直到人生的暮年才被找到，依然沒有人說得出所以然；史隆米和她媽媽都無法對她提出確切的解釋。幾年之前——兩年、三年，或是五年？——他被人帶離匈牙利，說不定是他自己主動離開，在那之後，他一直住在內坦亞，成天在匈牙利人的聚會所打牌，藉此打發時間，直到有人認出他是那位失散的**翁婿**，說不定是他自己做出這種宣稱。

他在戰時年紀還輕，怎麼可能跟任何人結婚？更何況她媽媽跟匈牙利八竿子打不上關係，甚至從沒踏進匈牙利一步，這整件事情疑點重重，自相矛盾，但史隆米或是她媽媽似乎都不以爲意。翁婿受困於鐵幕之時，她媽媽在耶路撒冷從女孩成長爲女人，進了希伯來大學，並與她爸爸相遇、結了婚，後來搬到特拉維夫，懷了塔瑪，再四年之後懷了史隆米。當鐵幕終於崩裂、民主的曙光暫且透入，塔瑪質問，翁婿爲什麼悶聲不響、沒有採取任何行動讓大家找到他？爲什麼直到近來匈牙利政府傾向極右、政府發起的仇外情緒日漸顯著、納粹共謀者的聲譽日漸張揚、短暫的民主曙光日漸黯淡、獨裁專制日漸高漲，翁婿才終於意識到自己身旁沒有親人，他居住的小鎭愈來愈反猶太，鄰居們愈來愈囂張，於是他雙手一舉、豎起白旗，聲稱自己失散，並祈願被人尋獲？難道這樣的聲稱沒有效期，效期一過就不可自稱失散？這一切究竟與她媽媽何干？

有那麼短暫的一刻，塔瑪甚至心生一念：說不定她媽媽有段不爲家人們所知的過去。她媽媽始終相隨相伴，始終對塔瑪、史隆米和他們的爸爸付出相當程度的自我，致使他們感到備受關注。當艾莉絲出生、對她予取予求，塔瑪眞想知道她媽媽怎麼有辦法讓他們姊弟覺得被聽到、被看到、被關注、被憐愛，同時卻把一小部分的自我保留在別處。塔瑪不知道怎麼辦得到。她要麼給得太多、要麼給得不夠，要麼感覺招架不住，要麼感覺只顧自己。她等到做完研究、開業行醫之後才生艾莉絲，大衛打從一開始就想要小孩，但她堅持給自己一些時間。等到她終於同意當媽媽、生下了艾莉絲，小寶寶卻因疝氣痛到哭個不停。塔瑪耗盡每一絲精力安撫，致使她打從一開始就覺得既已身為人母，她唯一的選擇是完完全全地付出：她揹著小寶寶繞著廚房中島奔跑，讓小寶寶興高采烈地在她背上彈彈跳跳；她低聲哼歌、噓噓輕哄、東搖西晃、左右搖擺，讓艾莉絲吮盡她小指、她生命的每一滴血；她再也不跟任何朋友碰面，因為若是得不到媽媽所有的關注，艾莉絲就哭得不可遏制。即使過了將近一年、疝氣痛終於歇止，這孩子依然對一切非常敏感；對小艾莉絲而言，世界無論多麼奇妙，基本上依然充滿險惡。是不是她哪裡做錯了？是不是她不知怎麼地傳達了如此陰鬱、如此令人焦慮的前景？絕對有此可能。但她自己小時候不是這樣。她媽媽始終說她是個非常好帶的小寶寶，即使如今塔瑪一想，這話稱頌的多半是她媽媽，而不是她。養育艾莉絲是個漫長而辛苦的過程，讓她至感筋疲力竭，正因如此，所以她花了五年才改變心意，生了雷米。即使是那個時候，她也覺得她是為了艾莉絲才生第二胎，這樣她女兒就不會孤單。有段時間，她時常看著鏡中的自人，是嗎？如果她可以把患者們在她辦公室吐露的話語濃縮為一個哀怨的事實，那就是人人到頭來都是一個人，你愈早接受這個事實，甚至予以表彰頌揚，你愈快得以擺脫焦慮與傷痛投注在生命中的陰影。女人一個人過日子沒什麼大不了，她想要辯稱，無需緊急空運一個男人前來救援，其實正好相反——

但話還沒出口，她就意識到她弟弟說的或許沒錯。說不定她確實語帶防衛。向來隨時接聽她電話的媽媽，現在卻抽不出身，她說不定因而稍感怨怒。她們的狀況相同，不是嗎？兩人都沒有先生，也都不靠別人——哎喲，多謝啦，我們自個兒應付得來——正因如此，她們母女反倒更親密。但她們的情況當然不一樣：她爸媽結褵四十七年，直到死神終結他們的婚姻，塔瑪和大衛卻是婚後十年就主動決定分手。塔瑪可以宣稱自己沒興趣再婚，或是如同她有時對朋友們所言，她已「超越婚姻」，但她媽媽對於再婚一事則是模稜兩可，最起碼直到目前為止不置可否。即使她媽媽過去選擇維持著婚姻關係，而塔瑪卻非如此，但她們始終有個默契，母女兩人都覺

⑥ Herzliya，又譯為「赫茲利亞」或「荷茲利亞」，以色列西部的一個城市。

得沒有先生比較清閒，因爲長期試圖滿足另一個人的需求，眞的相當辛苦。其他失婚女子的媽媽們經常喋喋不休地說，女人最好趁著年華尚未老去之前找個對象，她媽媽從來沒有這樣嘮叨，倒是令她激賞。就算塔瑪最終偶遇一位她願意以身相許的男士——換言之，不是那個性格超級囂張、心胸超級狹隘的出庭律師，也不是那個三十二歲、玩電子音樂，上了她的床後，直到她厭倦了幫他洗衣服才被她甩了的男人——她媽媽絕對會爲她感到高興。但她爲她媽媽感到高興嗎？

她打電話給凱蒂。

說不定我是覺得自己被拋棄？大都會北方鐵路火車緩緩駛離位於布朗克斯的大學高地站，朝向市區前進之時，塔瑪對凱蒂說。

或許有點忌妒？凱蒂回答。

忌妒？忌妒一個匈牙利小老頭？他會做桑葚果醬，他們兩人一起下棋。

說不定妳忌妒妳媽媽又找到了愛。

塔瑪握著手機貼在耳旁，看著窗外的圍欄和電線桿隨著急急駛往哈林區的火車飛逝而過。愛。她尚未了悟那可能是愛。因爲啊，這怎麼可能？你想想，鮮爲人知的社會服務處居然藏有名冊，還有某個以色列邱比特忙著幫寡婦和鰥夫配對，成功率高於 Tinder，哪有可能？

沒有喔，她說，絕不可能。她剛碰到他！說不定一個星期就會告吹。相信我，她跟凱蒂保證，即使凱蒂跟這事八竿子打不上關係。

但下個星期六，塔瑪剛洗完澡走進廚房，發現雷米在跟翁婿學打牌，雷米星期六早上一直以來都用 FaceTime 跟外婆通話，這時 FaceTime 傳來翁婿的聲音，他嗓音低沉渾厚，口音高尚雅緻，聽起來世故機智且對世事略爲倦怠，那種濃重典雅的中歐語言腔，現今已經鮮少聽聞。她站近一點，小心翼翼地避開鏡頭，她可以看到他的臉孔出現在螢幕左上方、笑盈盈地拿著一副紙牌。在那之前，翁婿只是一個模糊的名詞，不過是個戴著氈帽的老頭，自有一套古怪的作風。但這時他就在眼前，跟她兒子說著話，把她兒子迷得團團轉，就像他讓她媽媽和史隆米爲他著迷。她走入鏡頭之中，在雷米光亮的臉孔上投下一道陰影。

我是塔瑪，她冷淡地說，我媽媽的女兒。

翁婿一語不發，但他那雙眼皮鬆弛、盈滿智慧的眼睛仔細打量她。他的模樣跟她想像中完全不一樣，既是比較睿智，卻也比較年輕、比較有活力，藍色的雙眼炯炯有神，白色的鬍鬚修剪得整整齊齊，雙唇看來因而格外豐厚，甚至可說有點孩子氣，出乎她的料想。他們端詳彼此，好像兩隻毛髮豎起的小獸，但塔瑪滿意地心想，他們其中只有一方是食腐之獸。

你有何打算？她質問，雷米在旁看著他們兩人在螢幕上的臉孔。

打算什麼？**翁婿**訝異地問。她可以看到他的後方是她媽媽客廳的窗戶，他右側的牆上掛著一張上了框的照片，照片的她和史隆米約莫是艾莉絲和雷米的年紀，她紮著髮圈，綁了一股蓬鬆高聳的馬尾辮，史隆米的裝扮則效法《小子難纏⑦》。

你在內坦亞是不是沒戲唱了，還是怎樣？你能繼續待在那裡，還是你打算搬到特拉維夫？

她原本想說「搬到我媽媽的公寓」，但他凝視著她，宛若一隻小鹿，讓她在最後一刻改變了心意。

內坦亞是過去式了，他只說了這麼一句，沒有多做解釋。

雷米聽不懂他們的對話，抬頭瞄了他媽媽一眼。

我們正在耍把戲變魔術，他央求。

沒錯，你們確實正在耍把戲，塔瑪朝著翁婿揚起眉毛，確保他了解她的意思。

你確實正在耍把戲。然後她急急轉身，憤憤走到一旁泡咖啡。

4

三月有如猛獅般洶洶到來，而後有如馴羊般悄悄離去，迷失的翁婿在這途中留下了足跡。五月中旬，史隆米的小寶寶在尼泊爾誕生，原因不外是男同志藉由「代理孕母」生育子女在以色列依然於法不容。兩星期之後，他和丹帶著小寶寶飛回特拉維夫。六月的第三個禮拜，也就是艾莉絲和雷米課程結束的隔天，塔瑪跟往常一樣收拾行李，交代看管屋子的哥倫比亞大學研究生各個盆栽何時澆水。自從她和大衛離婚之

⑦ *The Karate Kid*，八〇年代青少年經典名片。

後，塔瑪和孩子們每年七月待在特拉維夫，她通常繼續待到八月底，孩子們則飛往大衛選定的度假場所跟他碰面。那位研究生曾是女孩，過去三個夏天，她名爲潔西卡，現在「她」卻變成了「他」，同時易名爲凱文，塔瑪並未親眼見證變性的過程，所以她覺得不管變性一事多麼荒謬乖張，潔西卡就是不動聲色地走了過來，就像她始終沉著穩當地處理每一件事，從不大驚小怪。過去三個夏天，她倆合作無間，甚至可說是配合得天衣無縫，因爲八月底返家之時，塔瑪總是發現家裡比她離開之前更井然有序，打理得也更好，累積了一年的小問題都已一一維修，燒壞了的電燈泡也已一一換新，起初這讓她很開心，但隨之而來的是一股奇怪的心緒，好像自己是多餘的，她在紐約的生活有她沒她都一樣，她在特拉維夫的生活有她沒她也沒差。這種想法當然不見得眞確，畢竟她的患者、她的媽媽、她的朋友都少不了她，總之還有很多人需要她，但撇開眞確性不談，對於一個因根植兩地，而永遠無法在其中一地深扎茁壯的人而言，這種想法時時縈繞心頭。飛回以色列之時，塔瑪始終滿心歡喜，感覺自己終於踏上返家之途，結果卻只降落著陸，記起自己爲何離開。

對艾莉絲和雷米而言，情況卻是單純多了。他們喜歡造訪外婆，也喜歡塔瑪傍晚帶他們去的海灘；他們愛吃當地的食物，樂於晚一點上床睡覺，特拉維夫溫煦輕鬆，自由自在，跟紐約的氛圍大不相同，深得他們歡心，而且他們非常期盼見到小寶寶。他們已經在FaceTime上見過剛剛出生的小表弟，雷米堅持在他小小的滾輪行李箱裡裝滿玩具和童書，把這些他已經用不上的物品移交給這個五星期大的小表弟。小寶寶尚未命名，因爲史隆米和丹還在「試著了解他」。他們在紐華克機場登機，搭乘聯航飛往以色列。在特設的登機門接受搜身安檢時，姊弟兩人都說等不及想要抱抱小寶寶了。年方十五，在世界某些國家已被視爲可以生育的艾莉絲說她會「疼小寶寶疼到不行」，雷米說他要看看自己會不會是頭一個逗小寶寶露出微笑的人。雷米還在滾輪行李箱裡塞了一副紙牌，過去幾星期，他到哪裡都帶著這副紙牌，隨時準備練習，或是表演一手絕技。但雷米或艾莉絲提都沒提跟翁婿碰面，因爲他們已從媽媽的神色、口吻，或是敷衍的言詞推斷出她對他的看法。塔瑪幾天前無意中聽到雷米在艾莉絲的房間告訴姊姊，翁婿曾跟艾狄胥合作，所以他的「艾狄胥數」是1。如果他跟一個曾跟艾狄胥合作的人合作，他的「艾狄胥數」即是2，如果他跟一個人合作，而那人曾跟一個跟艾狄胥合作過的人合作，他的「艾狄胥數」即是3。一個從來沒跟

人。說不定她媽媽等著她主動提議去住在史隆米和丹的家，他們的家在雅法，前任屋主是個阿拉伯人，他為他的大家族蓋了這棟屋子，當然也夠塔瑪和孩子們住。但塔瑪沒提，她媽媽也沒問，所以這會兒他們坐上計程車，朝著她媽媽的公寓前進。

伊拉娜在門外等候，孩子們飛奔投入外婆的懷裡時，塔瑪趁機打量她媽媽種種細微的變化，比方說她的頭髮染成帶有金黃挑染的銅色，比先前的髮色淺多了，她還穿了一件豹紋的緊身褲，完全超乎往昔的時尚品味，非但如此，她的腰間還繫著一個菱格紋的皮製腰包，腰包上印了一個假的香奈兒商標。她媽媽在腰包裡摸尋鑰匙，神情愉快地跟大家說自從用了腰包、她沒有丟過任何東西，她說她一起床就繫上腰包，晚上睡覺才解下，她從腰包裡拿出什麼，用完之後就馬上放回去，因此她再也不必擔心東西放錯地方。她邊說邊輕拍圓鼓的腰包，一臉慈愛，彷彿那是小寶寶的屁股。塔瑪從她媽媽歡欣的語氣中猜測，腰包搞不好是翁婿的點子；她媽媽之

---

⑧ Maccabi game，每隔四年在以色列舉辦的國際性猶太人運動會，性質類似奧運會。馬卡比運動會獲得國際奧委會和世界各個體育聯合會的認可，是世界上第三大體育盛事。

所以開心，不但只是因爲問題得到解決，更是因爲翁婿發揮獨特的創意，致力於解決她這個小問題。雷米拖拉著行李箱搭小小的電梯上樓，塔瑪尾隨她媽媽爬樓梯，看著腰包上那個銀閃閃的香奈兒商標搖來晃去，暗暗武裝自己，準備面對即將發生的場面。但當她媽媽打開門鎖，孩子們拖拉著行李蹣跚入內，公寓裡卻沒有別人。塔瑪吸進那股熟悉的氣味；沒錯，這是她的家、她的童年。但直到她媽媽菜餚的香味、這棟老公寓的霉味、以色列洗衣粉的氣味緩緩消失，她才察覺屋裡隱隱飄著男性古龍水的麝香。

他在哪裡？她問，依然嗅聞。

誰在哪裡？她媽媽問，但眼瞼像個告密者似地輕輕一顫，好像那個曾與艾狄胥合作的小老頭在他們踏進門的那一刻就抓起氈帽、閃閃爍爍地從窗戶飄了出去，而那個艾狄胥啊，他爲自己的墓石選了碑文，碑文說道：「我終於不會再愈變愈笨。」

外婆！雷米一邊大喊、一邊帶著紙牌衝進廚房，正好幫他媽媽解危。我可以秀一招給妳瞧瞧嗎？

但即使翁婿憑空出現，來自空無，她媽媽也不能隨她方便把他送回空無；在浴室裡，塔瑪看到一支刷毛變形外岔的牙刷，跟她媽媽的牙刷一起擺在玻璃杯裡。

那天傍晚，他們大家搭計程車到雅法探望新生兒。小寶寶一頭濃密的黑髮，但其他方面簡直是塔瑪和史隆米爸爸的翻版。他靜靜地躺在綠松色的揹巾裡，丹也已像個老手，把揹巾綁紮得相當穩妥，揹巾深處的那雙小眼睛望外探看，目光寧靜祥和，彷彿已經見識凡世之外的景象，如今重返世間，心懷無限的悲憫，側看種種人們業已達至的凡塵孽障。當他終於被抱出揹巾之外並交到大家手中，塔瑪輕輕地把他放在大腿上，他回以迷迷濛濛、幸福歡愉的凝視。大家一而再、再而三地驚嘆他跟他祖父伊萊一模一樣——你瞧，他下巴也有一道小小的美人溝！但他不像他祖父一樣壞脾氣，也不像他祖父一樣張牙舞爪！——塔瑪不禁心想，她媽媽和她弟弟真正想說的是，她爸爸正以前所未見的寬容，俯瞰當下種種現況。史隆米的婚姻、她的失婚、翁婿的到來，以及他自己將被取代，她爸爸全都看在眼裡，默默接受，而他生前絕非如此寬容。這就是她媽媽和她弟弟的言外之意，只不過她一眼就看穿。史隆米等到他們的爸爸過世之後才跟丹結婚，其實並非偶然。塔瑪盡量守住她的婚姻，直到她爸爸過世之後終於放手，她之所以拖了這麼久，其實也非意外。她爸爸相當主觀，表達意見的態勢與聲量相當驚人，與其跟他正面對幹，倒不如敷衍應對。他們很小就從他們的媽媽那裡學到這一招：他們的媽媽通常任由他們的爸爸咆哮怒吼，等到他睡了、出門上班，或是轉身走開，她才把他們先前索取的東西拿給他們，或是找個法子悄悄指示他們自己拿取。

小寶寶突然一斜，抓住塔瑪的手指。這個沒有名字的小嬰孩由史隆米捐精、丹的姊姊捐卵、在一個尼泊爾女人的子宮裡受孕生長，好像變魔術地來到人間，而且長得跟他們的爸爸一模一樣，這究竟是怎麼辦到？難不成是仙女撒了魔法星塵？

但不管如何，她才不吃這一套。她那個脾氣暴躁的老爸並未在尼泊爾重生、爲他們奉上慈愛的訊息。她爸爸對這一切肯定很有話說，而且絕對不會是好話。伊萊始終穿著寬鬆的工裝褲，同樣的襯衫穿到扣子脫落才換新，儼然是邋遢時尚的教主，他對於數學之美無感，單手就可以把翁婿的氈帽壓扁，直接了當地跟翁婿說他會怎樣對付翁婿和艾狄胥。

她從小寶寶的拳頭裡用力抽回手指，把他交給艾莉絲。艾莉絲把他抱到胸前，好像確知該拿小寶寶怎麼辦。塔瑪走到玻璃窗前，遙望大海。她若在以色列待下，說不定每天醒來都看到這樣的景觀，眼中盡是浩瀚的汪洋。但她反而前往紐約攻讀博士、嫁給大衛，一路走來，不知哪個時刻失去了她浩瀚的心境。她不怪大衛，她自己也有錯。她只是覺醒得太遲，錯失了種種可能。她聆聽她那些二、三十歲的患者們傾訴，他們將單一伴侶視爲擱淺在海灘上的鯨魚，鯨身臃腫腐爛，沉入萬劫不復的地獄，讓人避之唯恐不及。他們都想搭上多重伴侶的浪潮，但他們是否眞能駕馭，或是終將被妒忌和不確性的恐懼而淹沒，塔瑪也說不準。你看看史隆米：他曾登上這股浪潮的高峰，自由自在，無拘無束，在米克諾斯島和伊比薩島處處留情，愛人也被愛，但最終，他要的跟大家沒有兩樣，人人自有記憶以來都懷藏著如此的追尋——那首詩怎麼說來著？不求普世之愛，而是單單地被愛⑨。

⑨ Not universal love, but to be loved alone，語出奧登的詩作〈九一之殤〉（*September 1, 1939*）。

她從窗前轉身，剛好看到艾莉絲把小表弟舉到空中、聞一聞他的小屁股。她始終試圖灌輸艾莉絲一個觀念，慢慢說服女兒婚姻並非必需，女性也無需藉由夫妻之愛支撐自我、穩固自我。但這時她看著女兒開心地把鼻子湊向小寶寶的屁股，她不禁心想，艾莉絲說不定甚至二十五歲之前就會結婚，從一而終，直到身旁圍繞著兒孫、守在她垂死先生的床邊、搓揉他冰冷的雙腳。塔瑪把目光移回窗外，看著蔚藍的浪濤從遠方湧來。妳若不願拓寬自我，浩瀚無邊的意義何在？薄暮時分，妳沿著鄉間小路緩緩行駛，心頭微微一震，亦或妳呆呆地站在家中的房間裡，孩子們輪到待在他們的爸爸家，忽然之間，妳驚覺家中是如此靜默，甚至令妳寒毛直豎，若是僅在這些時刻，妳才想到生命可能如何，機運再多又有何意義？

我想到了！艾莉絲大喊。人人轉頭看她。拉菲爾如何？他百分之百是個拉菲爾！她歡喜驚呼，高高舉起小寶寶，方便大家以全新的角度看看他。她的兩個舅舅慎思周到地互看一眼。史隆米依然喜歡「米該亞⑩」，但丹不想跟聖經扯上關係，也不想讓小寶寶的名字帶有任何宗教意涵。他雙手叉腰，站在原地看著小寶寶，空蕩的揹巾斜掛在他的肩頭——二十年前，同樣一處曾經斜掛著一把衝鋒槍。

湯姆如何？他問。桑德爾前幾天提到這個名字，我覺得還不賴。

這是塔瑪頭一次聽到有人講出**翁婿**的名字。其實這是她抵達以色列之後，頭一次有人提及**翁婿**。先前她甚至不禁猜想，儘管浴室裡有把牙刷，家裡有股古龍水的氣味，這一切是不是大家布置的花招？**翁婿**是否眞有其人？

他看起來不就像個湯姆嗎？丹問道。

他看起來像個伊萊，沒錯，他長得很像伊萊，她媽媽堅持。

我喜歡湯姆，雷米說。

艾莉絲讓小寶寶轉身面向自己，再度仔細端詳他的五官。

嗯，我也覺得他像個湯姆，她坦承。

史隆米使個眼色，暗示他並不反對，然後大家一臉企盼地看著塔瑪。但他們對她有何企盼，她應當同意什麼，她卻說不上來。所以她嘆口氣，目光再度投注於大海，好像有個東西從遠方緩緩而至，而她必須全神貫注地迎接。

⑩ Micah，亦譯爲「彌迦」、「米迦」、「米該雅」，是十二位小先知之一，亦是舊約聖經「彌迦書」的作者。

5

隔天小寶寶不太舒服。他們全都用了丹擠到他們手掌裡的抗菌凝膠消了毒，儘管如此，小寶寶一起床就鼻塞，很快就開始發燒。史隆米向來抗拒掛念，堅稱這只是感冒。但小寶寶的體溫一直攀升，當向來溫和的小寶寶開始尖叫、吃奶之時喘不過氣，丹打了電話給醫生。那時已是清晨三點，但小兒科醫生尤莉是丹的好友，所以馬上開車過來。當她觀察到小寶寶呼吸困難、聽測到小寶寶胸悶，她跟他們說他患了支氣管炎，堅持立刻開車載他們去醫院。小寶寶照了X光，送進小兒科急診室，醫生把他放置在一個備有氧氣罩的金屬小床，幫他打點滴，監控他的心跳，醫生還拿個小小的夾子夾住他的手指，藉此觀測他血液裡的氧氣濃度。他的呼吸道受到病菌感染，這種情況對成年人相當常見，但對一個五星期大的小嬰孩卻可能致命。等到塔瑪、伊拉娜、孩子們趕到伊齊洛夫醫療中心的孩童醫院，史隆米已經大為驚慌。

他盯著小寶寶的生命徵象在螢幕上起起落落，或是頹然坐在小床邊，一手伸進塑膠罩頂的小床，輕撫他心愛的孩兒。一位護士過來幫小寶寶抽痰，史隆米驚恐地看著她把一根長長的管子插進小寶寶的喉嚨深處，手臂交疊在胸前，神情肅穆。其後幾天，這個程序每隔幾小時就得重複一次。小寶寶虛弱到無力哭號，但眼淚一滴滴地從灰色雙眼的眼角流下來。雷米低聲啜泣，塔瑪藉口說要幫史隆米和丹買杯咖啡，帶著他走到樓下。

湯姆會沒事嗎？雷米邊問，一邊鑽進她的懷裡。

他會沒事的，她說，即使她無權做出如此聲稱。湯姆會好起來。

但從那時起，小寶寶就有了名字。這個名字將跟隨他一輩子，違抗盤旋在病房門外的虛無暗影。自此之後，他再也不是憑空出現，來自空無。隔天當他病情轉劇，急救小組衝進病房準備幫他插管、他再也無法自行呼吸時，他的兩個爸爸有個名字可以哭喊呼叫。當急救小組圍在床邊、螢幕上的各個數據漸趨穩定，病歷表上也有個名字可以提及。目前看來，緊急狀況已經趨緩，脆弱的小生命挺過了一關。

直到第三天，翁婿才露面。他帶著一個超市的塑膠購物袋來到醫院，袋裡裝了他幫大家做的三明治，他取出包了錫箔紙的三明治和一個盛滿甜茶的保溫壺，把草帽掛在門後的鉤子上——時值盛夏，他那頂褐色的氈帽已被草帽取代。他跟大家說，他出了一趟遠門，聽到消息之後盡快趕回來。他沒說他去哪裡。說不定其他人都知道，說不定對他們而言，他去哪裡無關緊要，重要的是他這會兒跟大家在一起。雷米和艾莉絲微笑地跟他打招呼，姊弟兩人偷瞄媽媽一眼，似乎希望媽媽不會說出任何不恰當的話。塔瑪看著他牽起她媽媽的手。他並未堅持成爲家中的一分子，但大家似乎就這麼帶著感激之心接納了他。塔瑪看著他，不禁想起凱蒂曾說：世間沒有哪個男人麻煩到難以照料，某處也會有個女人迫不及待地想要照料他。如果她受夠了當個女人，終於決定豎起白旗、變換性別——假設變性一事無需承受千辛萬苦，也不必吃盡各種苦頭——她也會心甘情願地把自己交付在那些人手中，讓他們帶著她上樓走向一扇陌生的大門嗎？而在門後，一個女人等著接納她，甚至一整家人都等著歡迎她，人人熱切相迎，二話不問。

伊拉娜堅持大家要休息一下，到外面遊樂場的樹下坐一坐，史隆米和丹進了醫院就沒有踏出戶外一步，陽光和新鮮空氣對他們大有裨益。塔瑪跟大家一起下樓，但一踏出戶外，她就察覺自己忘了皮包和太陽眼鏡。她走回樓上，在湯姆的病房門口停下來，探頭一看，瞧見翁婿坐在湯姆的小床旁，一縷日光斜斜從窗口映入，他口操他那陌生的母語，細聲細氣跟小寶寶說話。那樣的一刻毫無邏輯可言，似乎怎樣都說不過去，卻也顯得非常眞實。小寶寶初抵世間，跟每一個新生兒一樣來自未知，有如一個初來乍到的外地人，有誰比他更有資格讓一個同爲外地人的老先生、輕聲細氣地爲他哼唱？

到了第五天，湯姆轉危爲安。他脫離了險境，氧氣罩也在那天傍晚移除。當雷米放下那套他一直用來練習的紙牌、走過去朝著已無罩頂的小床裡瞧瞧，湯姆仰望著他，眉開眼笑，滿臉歡欣。第六天早上，醫生們承諾說再照一次胸腔X光、湯姆就可以回家，但爲了保險起見，他們留他再住一晚，於是直到第七天早上，湯姆才出院返家，宛如先前一般投入他們的懷抱，唯一不同的是，如今他們有所體悟：那

成為一個男人

To Be a Man

我的父親

我的兒子們站在堤岸邊，兩人都可能跳下水，也可能都不跳。時值初夏，我們在我成長的小島度假，遙望天空，蒼芎萬里，波濤自遙遠的他方翻湧而來，距離之遠，讓人甚至不知道海水在何時何地開始翻湧，只知波濤所傳載的能量至此終於化爲碎浪，嘩嘩沒入岸邊。我從海灘上看著我那兩個男孩。我爸爸今天出奇安靜，戴著一頂帽子遮陽，也看著他們兄弟倆。他還稱不上年長，但在那一刻，我不記得他究竟多大歲數。如果他的歲數在我眼中是個謎團，那是因爲我從未見過任何一個人比他做出更多改變。多年之中的某一天——我說不出究竟是哪一年——他帶著滿心的怨怒來到海邊，讓海風載著縷縷怨怒揚帆而去，返家之時，他心平氣和，沉穩寬容，心中再無怨怒，再也不因盛怒而躁動。

有時我也忘了自己多大歲數。當人們問起我那兩個男孩們幾歲，我就自動進位說個整數，讓自己習慣他們終究朝著那個歲數走去。我爸爸的年歲所剩不多，我自己的年歲也已有限，我那兩個男孩的年歲卻是相當充裕。老二在堤岸邊蹦蹦跳跳。老大把頭往後一仰，手臂大張，朝著天空喊了兩聲。

我看著我的兩個兒子，絮絮低語，我爸爸靜靜聆聽。我說——或是我試著說——生命總是面貌萬千，全都展現於同一時刻。

斷裂的肋骨
1

那年夏天，當她那兩個兒子隨同他們的爸爸去度假，她到柏林探訪她的情人。

「說到我啊，」他朝著她傾身、壓低聲音跟她說，這樣一來，路過的行人們才聽不到他的話語。「有件事情妳八成不曉得：我想要服役。」

這話出自一個身高兩百公分、體格有如重量級拳擊手的男人，聽來令人驚訝。其實他果眞是個業餘拳擊手，或說多年以來始終擁有這個頭銜，直到一個月前，他因暈眩住院，頭部受到重創，拳擊生涯因而告終。即使他宣稱從此再也不踏上拳擊台，也已受聘於一家聲譽卓著的報社，主掌該社的編務，她私底下依然稱他爲「德國拳擊手」，因爲她覺得「德國拳擊手」比他那個意思是「諸神小小贈禮」的德文名字容易叫得出口，更因爲「德國拳擊手」凸顯出他們兩人的不同，讓她與這個她新近發現的國家保持某種微妙的距離，就像發現新大陸的哥倫布，雖然身居其地，依然不受束縛，想走就走。

他們在拉特湖附近散步，湖泊狹長，緊鄰格魯納瓦爾德森林，兩人邊走邊聊，討論八十年前他可不可能是個納粹。德國拳擊手說，若是聲稱不可能，等於是唱起仁義道德的高調，正如絕大多數跟他同一世代的德國人。他怎麼可能不受到歷史洪流的驅使、自外於納粹的陣營？但說著說著，他不只引用這套尋常的論點，更是進一步檢視他的特性，闡述自己爲什麼不可能不是個納粹。

「我正是納粹軍校想要招募的菁英分子，」他說的是培育納粹黨衛軍的預科學校，納粹藉由這樣的學校把身強力壯、血統純正、智力較佳的德國年輕人調教成軍官。「我始終非常崇拜我的師長，竭盡全力服膺他們對我的種種期許，因爲我一想到自己可能讓他們失望，心中就充滿恐懼。我這種心態，再加上我的身高和體格，絕對會讓我成爲他們最想招募的人選，我會因而受寵若驚，至感榮幸。我跟妳說啊，我非常看重榮譽，極度在乎稱許，這是我的弱點，也會讓我一頭栽入納粹的陣營。」

「更何況你非常喜歡制服，」她想起他的衣物，補了一句。他的白襯衫是在倫敦訂做的，一件一件吊掛在衣物桿上，放置在陽光普照的臥房裡；他的西裝是在那不勒斯裁製的，不但符合他的尺寸，而且遵循他的品味（絕非絲製，絕無襯裡，只用觸感粗拙的布料），他冬天的毛料大衣作工極爲精細，他甚至避免把雙手插進口袋，以免損毀縫線；他白色的拳擊手套是頂級的日本貨，手工縫製，貼合他細長的手指和手腕。她沒有興致勃勃地列舉這些證據。她寧可相信跟她上床的這個男人無論如何都不可能是個納粹。但到了這時，她已經相當了解他，致使她無法眞心反駁。

湖畔沿岸，情侶們在陽光下或是赤楊樹下卿卿我我，要麼熱情擁吻，要麼愛撫彼此半裸的身軀，每次走過一對迷人的情侶，德國拳擊手就點頭讚許，神情之中甚至帶點忌妒。他結過婚，快快樂樂地過了十年，而且據稱是無與倫比的快樂，直到他那個演員老婆以關妮薇之姿在人民戲院登台，並爲了那個劇中飾演蘭斯洛特的男人跟他離婚，從那之後，他再也不覺得自己的一生備受恩寵、無懈可擊。他坦承那些跟他交情深厚的朋友將之視爲正面發展，因爲受到離婚的打擊之前，他不好相處，經常讓人難以忍受。失婚馴服了他、改變了他的性情，但他寧願快快樂樂、讓人難以忍受，而不願像現在這種模樣。

他們走到湖岸東側盡頭的啤酒花園，停下來喝一杯。時値周日，鋪上紅白方格桌布的桌旁坐滿德國人，人人啜飲啤酒，欣賞周遭的自然景觀。孩童在湖畔嬉鬧，歡朗的笑聲飄盪在空中。德國拳擊手跟她說，他從她大兒子的照片看得出來，這孩子手長腳長，將會是個絕佳的拳擊手，她根本懶得跟他再次強調她兒子絕對不會去打拳擊。這孩子不會是拳擊手，正如這孩子永遠不會是個德國人。這個話題找不到立足點，於是兩人聊起啤酒節，他也開始跟她解釋何謂啤酒節的傳統服飾。

「但你眞的可能動手『殺人』嗎？」這時她問道，口氣卻是雲淡風輕。其實她應該懷疑眞有可能，因爲眼前這個男人有時一出拳就把一個陌生人打得狗吃屎，有次甚至幾乎扯斷她木頭床頭板的欄杆，因爲他達到高潮之時就會忍不住想要摧毀東西。

「我當然可能動手殺人，」他說。「我會動手，甚至相信我做的沒錯。」

「我絕對不可能動手殺人，」她堅稱。

德國拳擊手舉起啤酒杯，隔著杯緣看著她，眼神客氣，但流露出一絲懷疑。或許他也沒錯，因爲這話一出口，她立刻不由自主地設想種種例外狀況。

過了幾天，她在訊息裡提及一九四一年，她問說他可不可能足蹬皮革軍靴出現在她家門口，他回答說他不會濫殺無辜，這是他絕對不會做的一件事。幾天之前他們漫步於陽光燦爛的湖畔時，他信誓旦旦地說他當然可能動手殺人，這時卻說他不會濫殺無辜，聽來似乎自相矛盾，但當她傳了訊息、請他闡明哪一群人讓他信誓旦旦地聲稱他可能格殺，他卻沒有回覆，於是她的訊息浮載於網路的幽界，只被標示出已讀，因爲德國拳擊手若是覺得該說的都說了，他就會把手機關機。稍後當他跟她在一家素食餐廳碰面吃晚餐，他說他當然不會敲敲民眾的家門，強行遣送或是處決他們。她把他看成哪一種人？當他說他可能動手殺人，他的意思是在戰場上，因爲他確定自己會被指派爲武裝黨衛隊，送往前線參戰。她不想跟他爭辯，所以她沒有追問他爲什麼確定自己不會被指派爲蓋世太保或是親衛隊、執掌納粹的種族政策，甚至成爲黨衛軍骷髏總隊的一員、監管集中營和滅絕營。

他們靜靜坐著，等候侍者送上他們的馬鈴薯餃。過了幾分鐘，德國拳擊手承認自己說不定錯了。他說畢竟他祖父經常跟納粹槓上，因爲他老人家允許吉普賽人待在他們家的地產。他還說他曾祖父在 T-4 行動①中遭到殺害，以及他爸爸是那種不肯聽命於任何人的叛逆小子，所以囉，不，或許他根本不可能是個納粹，他說。她點點頭。老實說，他們的對話沒什麼意義，因爲無論這時的他是不是那時的他，種種說詞或許純屬假想。

但她依然免不了繼續思索這個問題。

① Aktion T-4，一九三九年至一九四五年間，納粹以「種族優生」爲名實施安樂死，受害者達三十萬。

2

一個他們共同認識的朋友幫他們撮合，當時他們都在紐約，兩人傳了電郵，約定隔天晚上一起用餐。他問可不可以約晚一點，因爲他下午在打拳擊。他在哪裡打拳擊？她問；她有點好奇，想要看一看。說眞的，她從沒看過任何人打拳擊，甚至沒看過電視上的拳擊比賽，因爲拳擊暴力血腥，看了讓她反胃。他在電郵中寫道，她八成不會願意在他跟人對打之後約了見面。他還說他的健身房裡的大夥都不沖澡，但如果共進晚餐之後他對她印象不錯，他可以帶她過去瞧瞧，兩人對打一場，但在那之前，他寧可不要公開他的健身房。「那裡沒有人認識我，也沒有人知道我從事哪一行、我想些什麼、我要些什麼，」他寫道。她讀了三次他的電郵，然後回覆說她相當厲害、他可得當心。她不知道自己究竟爲什麼這樣寫。說不定因爲他措辭傲慢，似乎間接挑釁——如果我依然喜歡妳。說不定因爲她心中興起一股優越感，即使明知他不是以他的母語書寫、表達不出他以德文書寫的精妙。說不定因爲她想要讓他知道她始終有辦法掌控男人，過去如此，現在亦然。說不定因爲她有意對他暗示，無論他懷藏著怎樣的爆發力，她絕對不下於他。說不定她想要讓他知道他們勢均力敵，甚至分得出高下，因爲爆發力若可稱之爲權力的表徵，她或許更勝一籌。但這麼說是否顯得炫耀？

「我的肋骨容易骨折，」他寫了電郵回覆，「妳下手之時，拜託當心一點。」換句話說，他確知應該拿她怎麼辦。他會一把抓住她、抱著她轉圈、擁著她入懷；他會知道如何取悅她，他會曉得一個剛柔並濟的男人多麼吸引某些女人，而她顯然就是其中之一。老實說，經過這番簡短的對談，她已經知道她會帶他回家、跟他上床。

當她來到餐廳，他已經先到，就像德國的火車始終早已進站，停留在鐵軌上等候。他的體格果眞令人注目，他比周遭眾人高出一個、甚至兩個頭，讓人不可能不注意到他。在那一刻，如果有人問她——比方說那個高抬餐盤走過她身邊的侍者——她喜不喜歡挨在一個男人身邊、感覺自己小鳥依人，她八成會說喜歡。沒錯，她喜歡，不過必須加註但書。她不介意小鳥依人，但精神上她必須保持強大。換句話說，她喜歡他是隻披了羊皮的狼，直到她說他可以是一隻狼，然後他就該褪去羊皮、像隻野狼似地在她的床上操幹她、讓她感覺不到一絲如同羊般的溫馴，完事之後，他就該再變回那個無論如何都不會掐著她的脖子、強制做出索求的男人。這樣行嗎？噢，還有一點，他這個大野狼偶爾也該非常緩慢、非常柔緩地與她這個小紅帽歡愛。

他遞給她一把淡紫的小花。她原先以爲小花是他沿路摘的，後來她才知道他買了一整束花，但把大多花朵送給一個懷孕的女人，他在地鐵車站碰到那個女人，女人說花束眞漂亮，問他幫誰買了花，在那一刻，他忽然想到他幫一個素未謀面的女人買了一整束花，說不定過於殷勤，於是他把花束送給那個女人，只留下一把小花。他們被帶到他們的桌旁。餐廳燈光暈黃，感覺溫馨，這裡原本是家藥房，荒廢數十年之後，終於被改建爲義大利餐廳，牆邊依然可見一排排陳舊的玻璃藥櫃。侍者一走到桌邊，德國拳擊手就暫時住口，不管侍者爲他們送上什麼，他都面帶微笑地道謝。

兩人不著邊際地閒聊，對話流暢自在。他的鼻子很耐打，不像他的肋骨，他跟她說，至於他的嘴唇，嗯，他的嘴唇豐厚，所以打拳擊之時，嘴唇容易挨上一拳，破口出血。他問她的手臂是否修長，她還沒回答，他就把她的手拉過桌面，緩緩按上他左下方的肋骨，肋骨稍微突出，他說他的肋骨曾經骨折，整根在他體內斷開。

侍者過來幫他們斟酒。侍者走開之後，她拉著德國拳擊手的手，緩緩按上她身上的同一根肋骨，肋骨也稍微突出，突出的角度也相同，在她的記憶之中，這根肋骨始終就是如此。「這怎麼可能？」他驚訝地問。「妳肯定也曾經骨折過。」但據她所知，她沒有任何一根肋骨曾經骨折。在她看來，男女之間似乎自從創世之始就因肋骨而爭疑，這兩根肋骨也點出她和德國拳擊手的世代差距。何謂女人？何謂男人？男女之間的種種是否可稱平等？或是雖有差異、但仍平等？或是根本談不上平等？他們試圖釐清，卻仍疑惑不解。

3

她那張加大的雙人床對德國拳擊手而言仍然太小，所以他只好像個孩子似地蜷縮在床上。喜瑪拉雅岩鹽燈煥發出略帶桃紅的光影，暖暖地籠罩他的身軀。他們東聊西扯，無所不談。他跟她說他在鄰近北海的農場長大，當他們家受邀到別人家裡吃晚餐，他們始終帶給主人一束從田野摘採的花朵，因為這樣，所以他心裡有個根深蒂固的印象，認定花束看起來應當像是偷摘的。他們聊到他是個德國人，而她是個祖父母都是大屠殺倖存者的猶太人，兩人居然同床共寢，感覺是不是很奇怪？他們聊到他們喜歡的書、她的姊妹、他的兄弟，以及她為什麼堅決不願再婚。他們聊到現今姊弟戀似乎愈來愈普遍，這些年紀輕得多的男人想要小孩、這些跟她同齡的女人卻已生養兒女。他們聊到一夫一妻制的難題，而若無一夫一妻制又將如何。他們聊到他認為拳擊無關暴力，而是攸關身心紀律、讓他得以直視心中的恐懼。

聊著聊著，轉眼就是清晨四點，他說他得回家。她跟他說他可以在這裡過夜。但他坐直身子，套上牛仔褲，說他不可以。他在別人的床上睡不著。當她表示訝異，他臉色一沉。「沒有人喜歡睡在別人的床上，」他辯解，好像這事曾經經過公投，結論不容辯駁。當他老婆為了另一個男人跟他離婚，她跟他說原因在於另一個男人擁著她沉沉入眠。她當然也因其他理由不開心。當她終於承認她愛上別人、打算離開他，她在電話裡做出這番告白，交談之時，他做了筆記，這樣他才不會忘記任何細節。兩人的對話被他抄錄在《日光下的幽靈②》的卷尾空白頁，密密麻麻地寫在這本回憶錄的書頁裡，跟作者二十年的戰地採訪實錄一起出現在書中。筆記的頭一句畫上雙道紅線：他無法徹夜擁著他的太太。

其實他但願自己躺在某個人身旁也睡得著，他跟她說。他只是無法從中得到安寧。他始終保持警覺，緊張戒慎，通常得花幾小時才有辦法入睡，更麻煩的是，他知道自己若是睡眠不足，偏頭痛可能再度復發，愈是擔心，愈是無法成眠。他從十三歲就偏頭痛，發作之時，眼前一陣暈黃，而後轉爲烏黑，部分視線受到遮蔽，他什麼都不能做，只能像個嬰孩般蜷縮，靜候症狀消逝。他說不出自己究竟爲什麼偏頭痛，但他確定睡眠不足是原因之一，睡眠因而至關緊要。只有獨處之時，他才感受得到安寧，也才有辦法頭一沾枕就入睡。他一直都是如此，他跟她說，唯一的

② *Ghosts by Daylight: A Memoir of Love, War and Redemption*，二〇一一年出版，作者珍妮・喬瓦尼（Janine di Giovanni）是駐巴黎的美國戰地記者，這本回憶錄講述了人們在經歷密集戰爭之後，是如何痛苦地適應正常生活。

例外是他五歲的時候，他叫他媽媽坐在床邊握著他的手，他記得那種寧靜美好的感覺，也記得自己睡得非常香甜，記憶之中，那是他最後一次即使身旁有人也睡得安穩。他說起此事，口氣相當輕緩，但她察覺每次說起他老婆和其他女人因爲他心餘力絀而不悅，他就語帶怨怒，灰心氣餒。她們爲什麼無法理解他沒辦法跟人同床共寢？她們爲什麼不明白這樣會讓他很難受？

他們只有一次同床共寢——當時他們在林間深處，他沒有其他選擇。他問她介不介意他唸誦主禱文。他先前猛然把她翻轉，用力把她的手臂往後一扭，整個人重重地壓向她。這時他們平靜地躺在一起，她的脊背貼著他的胸腹，他修長的手臂緊摟著她。「我們在天上的父，願人都尊你名爲聖，」他輕聲說。「願你國度降臨，願你旨意行在地上，如同行在天上。」

1

她的兒子們滿十三歲和十歲的那年夏天，也就是她跟德國拳擊手上床，但沒有跟他同床共寢的那年夏天，她跟她朋友拉斐開車出遊。他們從拉斐出生長大的集體農莊出發，農莊位於特拉維夫郊外，名爲「自由」，農莊莊名用希伯來文唸起來比較順耳，意義比較不那麼宏大，但不管怎麼唸，這裡依然是他出生長大的地方。他們慢慢開上塵土飛揚的小路，小路崎嶇蜿蜒，越過植滿柑橘的田野，孩子們在後座高聲嬉鬧，開著開著，他跟她說當他四十二歲，終於去看心理醫生，他高聲提問，幾乎像是自問自答，說不定只有在心理醫生的面前，他才敢大聲提出這些似乎無解的疑問。「我想要什麼？我到底想要什麼？」心理醫生聽了之後回答說：「你始終想要的不就是自由嗎？」

那是個星期六，他們當天一早就離開特拉維夫。她起床時收到拉斐的訊息，他問她今天跟孩子們有何計畫，如果尚無打算，不妨一起到哪個地方走走。哪個地方？她傳訊息問他。我小時候的田野，他回答。拉斐的孩子們也是男孩，跟她兩個兒子處得不錯，幾個小男孩通常閒晃到一旁踢球爬樹，留下她和拉斐自個兒聊天。拉斐是個舞者，他三歲的時候在他媽媽的舞蹈教室接觸到舞蹈，自此就是個舞者。他從小耳濡目染，凡事皆以肉體爲始，也以肉體爲終。她卻只是思量，經年累月在腦海中起舞，直到她生了第一胎和第二胎，服膺了所謂女性的義務，義務既了，這才開始正視自己的肉體，三十五歲才成爲舞者。有時他們聊起此事，有時他們聊起各自的情史，或是他們對人生依然有何追求。幾個小男孩繞著操場跑跑跳跳，這個操場啊，拉斐跟她說，他就是在此失去童貞的。他還說他在這附近到處跟女孩打炮，比方說那棟廢棄的樓房裡、那個小棚屋的後方、那座枯草遍生的山丘上。

稍後他們全都走進他小時候的家，男孩們的口袋裡裝滿從樹上摘下的鮮紅荔枝，手腳被草地裡的螞蟻咬得紅斑點點，然後他們開車到鄰近的阿拉伯村落吃午餐，還被鷹嘴豆泥小館的老闆數落了一頓，因爲他們拿他們用過的碗盅盛水給小狗喝。外賣餐盒附了一個塑膠杯，小狗卻不喝塑膠杯裡的水。

這會兒他們開上高速公路，啓程返家。她跟拉斐說，這一整個禮拜，人們一直跟她分享種種非常難以置信的故事。她並未察覺自己問起這些私密而令人咋舌的故事，但說不定她看起來一副心事重重、試圖解決某個問題的模樣，問題既是深沉宏大，卻也難以捉摸，絕對不能硬碰硬，只能旁敲側擊，於是人們主動分享種種逸事，試圖給她一些啓發。

大海隨同車子行進，乘客座的窗外一片藍綠，孩子們笑笑鬧鬧，或是連聲抱怨。「我跟妳說過黎巴嫩車子底下的那隻雞，是吧？」拉斐問。不，他沒有，她說。如果他說過，她肯定會記得。

拉斐雖是舞者，但從十八歲到二十三歲，他是以色列特種軍團的士兵，這個軍團以極端嚴格的體能訓練著稱，是菁英級的特種部隊。在他的國家，你非得當了兵，才會被視爲一個眞正男人；不管喜不喜歡，當兵是你必須歷經的過程，走過這段路，你才會被看成是個男人，即使誰也說不出過程之中究竟碰到了什麼事情、讓你不再是個稚嫩的男孩。是不是你頭一次朝著移動的目標開槍？是不是你頭一次把敵人視爲蠻獸？是不是你頭一次把敵人當成蠻獸般對待？

拉斐跟其他十八歲的男孩一樣必須入伍，但他沒有必要承受嚴苛的選拔程序加入特種部隊，或是熬過其後一年近乎施虐的訓練，他也沒有必要在履行三年的兵役義務之後，主動再簽兩年軍官約。但拉斐始終知道自己打算加入特種部隊，在一個將他身心逼到極限的菁英軍團服役，他跟自己已達成這樣的默契。他也知道他打算變身爲蠻獸，而且是獸性十足、僅憑直覺行事的蠻獸，就像那隻象徵特種軍團的飛天虎，飛天虎印刻在小小的金屬徽章上，在入伍儀式中爲軍官們別上。

「你會碰到一個布滿荊棘的田野，」拉斐跟她說。「而你必須穿越它。爲了穿越它，你就得跟疼痛說不。你只能想著越過這片田野，只能迫使疼痛變得無關緊要。」還有所謂的「飢餓周」，在這周之中，新兵們連續七天不准進食或是就寢。每天傍晚，軍官們在飢腸轆轆的新兵們旁邊生火烤肉。他們炙烤牛排，擺出一桌好菜，然後跟新兵們說：「來，爲什麼不跟我們一起吃呢？」你若屈服於飢餓，果眞跟他們一起用餐，這下就完了——你立即一敗塗地，當天就被送回普通部隊。有次軍官們分發巧克力球。「只是零嘴，」他們說，「我們會跟你們一起品嘗，」一、二、三，新兵們把巧克力球放進嘴裡，用力一咬，結果發現口中竟是一團團羊屎。

他當然願意爲他的國家犧牲，拉斐跟她說。你必須願意爲國家奉獻生命，這是最起碼的信念，否則連選拔都別想參加，但一路走來，許多男孩或是男人會發現他穿越田野。他們爬行了四小時，貼著地面匍匐前進，最後終於抵達村莊。村裡有個聯合國車隊，聯合國調解人喝酒談笑著，聯合國的人始終無憂無慮，拉斐說，這對他們來說只是個長長的派對。小隊悄悄繞過聯合國的帳篷，團團圍住眞主黨頭目的家宅。拉斐是小隊的長官，於是身先士卒，挪到大門附近就定位。他趴在地上，持槍瞄準大門，爆破專家悄悄鑽到車下，就在此時，他注意到門口擱了幾雙童鞋。小小的塑膠涼鞋一字排開，約莫三、四雙，小時候他和他哥哥在集體農莊若是穿上鞋子，就也只穿這種涼鞋。沒有人提到孩童。但話又說回來，他們幹麼提到孩童？孩童在戰爭或是軍事行動的算計中毫無價值。他服役將近五年，長官們自始至終只跟他說他必須知道的事，除此之外，他一無所悉，他也從未多問。一說到平民百姓，從來就是這麼一個問題：如果你在任務中碰到一個老百姓，你會怎麼做？選項只有以下三個：綁架他、殺了他、放了他，三者皆無所謂對錯。但拉斐先前不曉得屋裡竟有孩童，這時又看到十公尺之外擱著幾雙塑膠涼鞋，頓感不安。在那一刻，有人在他肩上輕輕一拍，他暫且從槍枝的準星移開視線，瞧見爆破專家的臉孔，那張臉孔跟他一樣塗著暗綠的油彩。爆破專家跟他豎起大拇指，示意炸彈已經裝置完備，眞主黨頭目一踩油門，炸彈就會爆炸。拉斐比比手勢，示意他的小隊撤退，他們花了四小時匍匐爬行返回山間的藏身處，人人都累癱了。

到了這時，眞主黨頭目肯定已經一如往常踏出家門、坐上他的車。一架無人機飛過上空，傳回地面上模糊不清的景況，六點二十分，小隊聚集在顯示器旁，靜靜等候。螢幕上出現那棟他們四小時前離開的房子，陰暗烏黑，毫無動靜。六點二十八分、六點三十分、六點三十五分、七點、七點十五分，四下依然毫無動靜，靜得令人心慌。「他媽的怎麼回事？」有人說了不只一次，可能甚至說了很多次。眞主黨頭目天天六點半踏出家門、坐上他的座車，這點經過情報確認，絕對錯不了。所以囉，究竟怎麼回事？七點三十分，依然毫無動靜。拉斐用無線電跟北區指揮官聯絡。「拳擊手呼叫林貓北。完畢。怎麼回事？林貓北呼叫拳擊手」——拳擊手是拉斐的代號，顯示他是反恐單位的軍官——「林貓北呼叫拳擊手。稍待。完畢。」剛過八點，屋子的門一開，整家人踏出門外。

拉斐扶著顯示器，感覺寒意竄上心頭。模糊不清的影像中，爸爸、媽媽、三個小孩走向座車，打開車門，消失在車內。炸彈已經裝置完備，車鑰匙一點火，引擎就會啓動，但踩下油門的那一瞬間，炸彈才會爆炸。在那迅雷不及掩耳的一刻，車子和車內所有乘客都會被炸得四分五裂。車門全都關上，再過沉寂無聲的幾秒鐘，車鑰匙就會一轉，引擎就會啓動。「汽車點火啓動了，」無線電傳來確認。

「現在回想，接下來那幾秒鐘是我一輩子感覺最漫長的時刻，」拉斐說。「我坐著看望，靜靜等候，百分之百、完完全全驚慌恐懼。一秒鐘、兩秒鐘、五秒鐘、十秒鐘，然後駕駛座的車門一開，眞主黨頭目下車，彎腰查看車子底下，抓出一隻雞。」

那隻雞肯定是家裡的寵物，深受大家喜愛，致使車裡某個人問起雞的行蹤。XX在哪裡？——天知道那隻雞叫做什麼？——哎呀，她沒有跟其他雞在一起！或是：我剛剛才看到XX跑到車子底下，我們一出門，她就不開心，她一直就是這樣。說不定擠在後座的孩童之一在爸爸踩下油門之前的一秒鐘說出這番話，渾然不知油門一旦踩下，他們瞬間就將粉身碎骨。

「雞被抓了出來，」拉斐說，「然後那個傢伙再度查看車底，挺直身子、勒令大家下車。車門全都猛然一開，孩童們隨同媽媽跌跌撞撞地下車，大家走回屋裡。圍說不出自己害怕什麼。在那段有如惡夢般的時日，有天她約了一個朋友吃午餐，朋友跟她說：「即使有人愛著妳，沒有一個女人不會害怕被拋棄，」她想了好久，試圖理解這話是什麼意思。她朋友的歲數比她大一輪，而在以前那個時代，女人缺乏自給自足、獨立自主的管道，是否只因如此，所以她朋友說出這話？她想了又想，漸漸領悟到一點：她眞正想要的東西，男人幾乎給不起，唯一的例外是性愛，但找人上床卻是容易得很。於是歷經六個月驚慌失措、頹廢沮喪、持續失眠之後，那種害怕獨處、擔心生活中沒有男人的恐懼終於漸漸消失，取而代之的是一股沉靜的快感。

至於拉斐，他和他太太去年決定嘗試開放式婚姻。他們結縭二十三年，婚姻相當穩固，兩人之間熱情依舊，但他們都希望成長，也想做些新的嘗試，於是共同做出這個決定。拉斐起先不確定自己究竟想不想要其他女人。他覺得他說不定像是他爸爸，他爸爸一輩子將他媽媽視爲生命的主要動力，對他媽媽始終一心一意，百分之百忠誠。但後來他到國外駐地習舞，跟一位比他年紀小很多的韓國舞者上了床，他以爲他愛上了她，直到遇見另一位讓他覺得更刺激的泰國舞者。返家之後，那位泰國女子從曼谷跟他分手，他失魂落魄了幾星期，然後遇見一個年紀非常輕的法國女丹娜跟那個小男友的感情持續了五個月。她跟他歡愛之後返回家中的那些時日，或是她不停盯著手機看他是否傳來訊息的那些時刻，拉斐幾乎無法承受。他經常坐在陽台上抽大麻，身旁環繞著一株株枯黃凋零、熬不過以色列豔陽曝曬的盆栽植物，有時他察覺他大聲跟自己說話，那個小男友給了她哪些他給不起的東西？他自小就是舞者，向來以肉體爲本，凡事始於肉體、止於肉體，但丹娜是個演員暨劇作家，她悠遊於語言的世界，有如暢行於實體空間，腳步始終輕盈，行動始終快捷，而在文字的疆界中，他卻非始終追趕得上。那個小男友追趕得上嗎？拉斐已經跟不少女人歡愛，深知陌生的肉體可能激發多麼強烈的快感，這點他不想也知道。但他當然沒辦法不想。他想像種種景況，把自己逼得發狂，最後當他終於再也承受不了傷痛，他情緒崩潰，哀求丹娜跟她的小男友斬斷情絲，但過了兩天，他又改變主意，因爲他想了想，如果丹娜聽了他的話斬斷情絲，這表示她並非出於自願，這也表示他們的開放式婚姻的實驗或許自此畫下句點，然而他再也不是先前那個男人。換句話說，他再也不會猜想自己是否像是他爸爸，一生只對一個女人忠誠、只將他的妻子視爲生命的動力。如今他自行探究，逐日發覺關於自己的二三事，對自身的領悟日漸深刻，即使眼見他的妻子盡享歡愉，自己因而黯然神傷，他也不願放棄他新近獲致的自由。

但這一切都已太遲。他的傷痛已讓丹娜耿耿於懷，她也不想毀了他們的婚姻或是家庭，於是她跟小男友提出分手。對方終究也同意，目前這種狀況對他而言也太複雜。他想要小孩，雖然他深愛丹娜，但他希望找到一個跟他年齡相當、沒有婚姻的牽絆，並且能夠跟他共度餘生的女人。丹娜心碎了，當她發現他很快就開始跟一個瑜珈老師約會，更是傷心欲絕。她緊盯WhatsApp，密切追蹤他的動向，甚至連他的行蹤跟平時不一樣都看得出來。若是傳訊息給他，她就等著看看多久之後才會出現兩個藍色的勾勾，如果勾勾始終是灰色，她就悶悶不樂，如果勾勾變成藍色，即使他沒有回覆，她也知道他讀了訊息，甚至掛記著她。丹娜思念他的一切，而他們兩人的性事，尤其讓她耽溺。

那段期間，丹娜一天到晚跟她說起小男友雄偉的身軀和性器。聽了幾星期和幾個月之後，她終於跟丹娜說她不想再聽。丹娜或許將性事視爲替代品，用來頂替其餘種種她想要，或是需要的事物，這點她可以理解，但不管怎麼說，她依然無法認同丹娜的耽溺，因爲依她自己的體驗，雄偉的性器不見得始終讓妳最舒坦，尤其是家裡已經有個令人稱心的陽具等著妳，二十三年來，這個陽具始終帶給妳快感，隸屬於一個跟妳走過風風雨雨、妳依然愛戀的男人。對此，丹娜回答說，往昔她視爲愉悅的一切，若由近來種種新穎的體驗觀之，其實根本談不上愉悅。先前她之所以將之視爲愉悅，只因她有所不知。但我們幾乎總是有所不知，她跟丹娜闡釋，我們只曉得有所不同，因爲我們始終校正往昔的回憶，使之符合現今的敘事。這點丹娜倒是同意，只不過知易行難，她依然無法化解心中的耽溺。

約莫就在丹娜被勒令不准再說起性器的期間，丹娜和拉斐經常吵得不可開交，有次她一不留神說溜了嘴，說起小男友的性器多麼傲人。沒錯，她說了。話一出口就再也收不回來。在那之後，根據丹娜所言，他們的爭吵愈來愈激烈，長久以來所維持的平等假象也開始崩裂。拉斐的收入始終比丹娜好，先前這只是個單純的事實，誰來養家不都是一樣？如今這卻成了權力的表徵，拉斐一逮到機會就提醒她這個家靠他養、她依靠他，他整天出外掙錢，而她卻待在家裡寫她的劇本。久而久之，丹娜漸漸感覺開放式婚姻的實驗只是帶來傷痛和困惑，不管他們在哪些方面有所成長，結果只是引來苦楚。

在車窗上，睡眼惺忪地看著窗外的大海，要麼已與自由率眞漸行漸遠，要麼持續擁抱自由率眞。過去幾個月，我狀況不佳，他們帶著憂慮的眼光守護我，想要知道我睡得如何、心情如何，他們不願拋下我，卻也猜想我究竟能不能掙脫心結，現在我好多了，他們也已恢復昔日的模樣，無拘無束地享受盛夏，又是兩個開開心心、有人關照的孩童。

我對他們的知悉，近似一座擷取不盡的寶庫，其中卻僅有一小部分能夠訴諸於言語。儘管如此，那些我們能夠述說的枝微末節，卻是我們對孩子們的責任，不是嗎？除了我們，有誰見證了他們的誕生、跟他們述說他們的生命之始？誰能跟他們述說他們究竟在哪一刻、哪一地受孕？誰能跟他們述說老大偏好子宮的右側、對左側興趣缺缺、經常在我的肚子裡用膝蓋或是拳頭捶打我？誰能跟他們述說老二眉頭深鎖、一臉哲思地來到人間、望似懷疑世事、卻也似乎願意被說服，他肩上覆蓋著一層柔軟的毛髮、日後才漸漸脫落？這些他們出生之時的故事，我已說了又說，但不知從什麼時候開始，故事的焦點變了，他們執意讓我成爲主角，自己退居二線。現在他們想聽的是我得花了多大的工夫生下他們、我如何因爲想要站立走動而拒絕服用止痛劑、我如何擠出最後一絲氣力把他們逼出產道。他們想要再聽一次我所戰勝的劇痛，但我該如何形容、我能以什麼相比？我覺得他們想要聽聽生下他們是一項多麼艱鉅的工程，而我這個做媽媽的辦到了。說不定他們只是想要重拾舊有的秩序，沉醉於昔日的世界，在那個漸漸消逝的世界中，他們不會被迫守護，而是有人守護他們，對他們關懷備至。

他們兩兄弟都是巨嬰，現在卻都瘦小，他們脫下襯衫時，皮膚下的肋骨幾乎清晰可見。我熟知他們皮膚下每一根清晰可見的肋骨，也知曉關於他們皮膚的一切；點點痘痣長在哪裡、何時冒出，道道傷疤劃過何處、因何而生，我全都一清二楚。我知道他們的頭髮朝著哪個方向生長，也知道他們晚間與晨間聞起來是什麼味道；我知道他們自小到大變換的種種面貌，直至兩人今日的容顏。說真的，我就是知道。當老大擔心自己太瘦小，我跟他說我弟弟小時候的體型跟他一樣，後來啊，他忽然起了一百八十度的轉變，而且事先毫無預警，種種變化有如暴雨般向他襲來，好像應允遠方某人的祈願。他們有著瘦小的基因，細棍般的手臂、窄長的腰身、突出的肋骨，這些似乎都已寫進他們的身體密碼中，有如一個流傳自古早的故事。但遲早會有一天，時間將改寫一切，瘦小和纖弱會被覆蓋，納入雄偉的身軀，現今這兩個小男孩也將消匿無蹤，隱埋於未來那兩個他們將成爲的男人。

妳弟弟？他問，試圖想起那人是誰。他只見過我弟弟一次，而在那唯一的一次，他看著我弟弟一時之間控制不了盛怒，用力把我推到客廳的另一端、握著拳頭威脅我。

老二年紀還太小，不會渴望墜入愛河。身邊眾人對他愛護有加，這樣對他依然就已足夠。老大已經開始渴望談戀愛，但他的身體還追趕不上他的渴望。他依然可以拿這事跟我開玩笑。他渴望什麼、他的身體怎麼發育，目前都可以是談笑的話題，但日子一個月一個月地過去，隱憂漸漸浮現，陰森森地漸漸逼近。他等候那些突然發生在他朋友們身上的變化，擔心永遠輪不到自己，自己也永遠不會像朋友們那樣渴望。

就像是電燈開關，那些生養兒子的朋友們跟我說：有天開關一開，而後事事永遠改觀，門自這一邊關上、自那一邊開啓，就是如此。另一個朋友跟我說，他小時候愛看書，一直安安靜靜地閱讀，但有那麼一、兩個月，他卻狂摔椅子。這也讓我的老大擔心，他擔心他將不再是向來的自己；他擔心失去敏感的心性，喪失這個關愛他的眾人極度重視的特質；他擔心自己做得出暴力的行徑。當我晚上親親他、跟他說晚安，他窩到我的懷裡，緊緊張張地跟我說他希望自己不要長大、不要有任何改變。但他已經不再是個孩子。他已立足於海濱與大海之間的岸上，大海綿延無盡，而海水亦如人們所言正在漲升。

致謝

這些故事首次發表於下列出版品，特此感謝：

〈來日的急難〉（*Future Emergencies*）首次發表於《君子》雜誌，二〇〇二年十一月一日。

〈來日的急難〉被選入《美國最佳短篇故事》（*Best American Short Stories*），由卡特里娜・肯尼森（Katrina Kenison）和沃爾特・莫斯利（Walter Mosley）編輯（紐約：霍頓・米夫林，二〇〇三年〔New York: Houghton Mifflin, 2003〕）。

〈花園中〉（*In the Garden*）首次以〈光的配置〉（*An Arrangement of Light*）爲名發表於「署名者」（Byliner）數位出版網站，二〇一二年八月。

〈我身沉睡，但我心清醒〉（*I am Sleep but My Heart is Awake*）首次發表於《新共和週刊》（*New Republic*），二〇一三年十二月三十日。

〈屋頂上的蘇斯亞〉（*Zusya on the Roof*）首次發表於《紐約客》（*New Yorker*），二〇一三年二月四日。

〈瞧見厄沙迪〉（*Seeing Ershadi*）首次發表於《紐約客》，二〇一八年三月五日。

〈瞧見厄沙迪〉被選入《美國最佳短篇故事》，由安東尼・杜爾（Anthony Doerr）和海蒂・皮特洛（Heidi Pitlor）編輯（紐約：霍頓・米夫林，二〇一九年〔New York: Houghton Mifflin, 2019〕）。

〈瑞士〉（*Switzerland*）首次發表於《紐約客》，二〇二〇年九月。

〈成爲一個男人〉（*To be a Man*）首次發表於《大西洋月刊》（*The Atlantic*），二〇二〇年十月一日。

妮可・克勞斯

美國國民作家，出生曼哈頓，成長於長島。先後於史丹佛大學、牛津大學薩默維爾學院畢業，主修文學，並曾於倫敦大學科陶德藝術學院修習藝術史，現爲哥倫比亞大學「祖克曼心智、大腦與認知行爲研究所」（Zuckerman Mind Brain Behavior Institute）三位首任駐校藝術家的作家代表。《紐約時報》譽爲美國當代最重要小說家之一，二〇〇七年《格蘭塔》文學雜誌選爲「美國最佳年輕小說家」，二〇一〇年《紐約客》選爲「四十歲以下最值得關注的二十位作家之一」，作品已被譯爲三十餘種文字，暢銷全球。

著有《男人走進房間》（*Man Walks into a Room*）、《愛的歷史》（*The History of Love*）、《大宅》（*Great House*）、《烏有》（*Forest Dark*），其中《男人走進房間》曾入圍洛杉磯時報圖書獎決選；《愛的歷史》獲威廉・薩羅揚國際寫作獎（William Saroyan International Prize for Writing），暢銷歐美並改編爲同名電影；《大宅》曾入圍美國國家圖書獎決選名單、獲安斯菲爾德－沃爾夫圖書獎（Anisfield-Wolf Book Award）、柑橘小說獎（Orange Prize）；《成爲一個男人》（*To Be a Man*）於二〇二二年獲溫格特文學獎（Wingate Literary Prize）。其他作品則散見於《紐約客》、《大西洋月刊》、《哈潑》、《君子》、《美國最佳短篇小說選》等刊物。現居紐約布魯克林。

封面插畫及裝幀設計：馮議徹
內頁設計及排版：張家榕

成為一個男人

二〇二二年七月五日初版第一刷

作者　妮可・克勞斯
譯者　施清眞
主編　邱子秦
發行人　林聖修
出版　啟明出版事業股份有限公司
郵遞區號　一〇六八一
台北市大安區敦化南路二段
五十七號十二樓之一
電話　〇二二七〇八八三五一
總經銷　紅螞蟻圖書有限公司
法律顧問　北辰著作權事務所
定價標示於書衣封底。

ISBN 978-626-95210-7-4

國家圖書館出版品預行編目（CIP）資料

成爲一個男人／妮可・克勞斯（Nicole Krauss）作；施清眞譯。
──初版──臺北市：啟明，2022.07。
312 面；12.8 × 18.8 公分。

譯自：To Be a Man
ISBN 978-626-95210-7-4（平裝）

874.57　　　111007912

To Be a Man
By Nicole Krauss

אין שירותי הצלה